メロディア・
ノノワール
フェンリル騎士隊に所属する魔法兵。
狼獣人の血が流れており、
毎夜狼に変身してしまう。
ルリ
ギルバートと婚約している、
メロディアお付きの侍女。
平民その一だった私だが、男性とのお付き合い経験はない。
こうして男性に体を許すのも、初めてだ。
この辺のお作法は、ルリさんがしっかり教えてくれた。
思っていた以上にとんでもないことをするので、
目を最大限にまで剝《む》いたのを覚えている。

「ギルバート、もっとだ！
もっと、私をよしよししろ！」
「わ、わかりました」
ディートリヒ・
デ・モーリス
フェンリル公爵家の当主。
ひょんなことから再び犬化してしまい……？

「なんだこれ」
ギルバート・デ・モーリス
ディートリヒの弟。普段はクールだが、兄が絡むと暴走しがち。
背後に控えていたルリさんを振り返ってしまう。
あれが、あなたの好きな男性《ひと》なのかと。
しかしながら、ルリさんも私をそういう目で見ていた。

街が、星の海のようにキラキラと輝いていた。

魔石灯を街中に飾るという話は聞いていたが、
これほどきれいなものだとは想像もしていなかった。

「メロディア、美しいな」

「わう！」

フェンリル騎士隊のたぐいまれなるモフモフ事情 2

～異動先の上司が犬でした～

江本マシメサ

イラスト●しの

Mashimesa Emoto　Illustration ● Shino

Contents

The Unusual "MOFUMOFU"
Situation of the Fenrir Knights
-My boss at the Transfer destination was a dog-

プロローグ

私の愛犬だった大切な存在《ひと》と、結婚しました

リーン、ゴーン、リーン、ゴーン——。

大聖堂の鐘が、おそらく王都中に響き渡っている。今日は、ディートリヒ様と私の結婚式。

純白の美しい婚礼衣装に身を包み、二米《メートル》突もある引き裾《トレーン》を持つのは、筆頭侍女であり、親友でもあるルリさん。

深紅のバージンロードを共に歩くのは、エスコート役を務めてくれたミリー隊長である。王立騎士団の白い正装が震えるほどカッコイイ。

血縁関係にない、しかも女性がエスコート役を務めるなんて前代未聞だ。私の両親はすでに亡くなっているために、特例として許されたのだ。

あまり見ない光景だが、眉を顰《ひそ》め、非難めいた視線を向ける参列者は誰一人としていない。

なぜならば、参列者は近親者のみで、人数にして十名もいないからだ。

ちなみに、参列者は夫となるフェンリル公爵ディートリヒ様の弟と親戚が数名、そして、国王夫妻がどっかりと鎮座している。国王は可愛《かわい》い甥《おい》の晴れ舞台を見届けるために、最前列を陣取ったらしい。

国王夫妻がいる方向は、なるべく見ないようにしている。あまりにも、眩《まぶ》しすぎるからだ。

参列者が少ないからか、パイプオルガンの荘厳な演奏がいつも以上に大きく聞こえていた。

ドッ！　とお腹《なか》に響くような旋律は、これは現実なのだと強く訴えているように思える。

そもそも、なぜ参列者が少ないのか。それは、私が望んだことであった。フェンリル公爵家は、国内で三本の指に入るほどの歴史ある名家。一方で、私は一般家庭に生まれたドのつく庶民。家柄が、天と地ほども異なる。

ディートリヒ様の求婚を受け入れた後の一年半、私は貴族の教養や礼儀作法を習った。優しいディートリヒ様は、「そんなもの、必要ない」と言っていたが、貴族社会で生きる覚悟をした以上、何も知らない状態で生きるわけにはいかない。血の滲《にじ》むような努力を続けた。

それでも、私は貴族にはなりきれていない。

貴族とは〝なる〟ものではなく、〝生まれる〟ものであるとヒシヒシと痛感してしまった。

それでも、私は見てくれだけでも貴族になろうと奮闘した。残念ながら結果は、伴わなかった。向き、不向きというものがあるのだろう。落ち込む私をディートリヒ様は気の毒に思ったのか、私の肩を抱き、「そうだ！　私が庶民になればいいのだ！」などと言い出す。爵位を返上し、田舎暮らしをしようかと提案してきた。もちろん、お断りである。ディートリヒ様が爵位を返したら、いったい誰が広大な領地の管理をするというのか。それに、王都を基点として魔法が絡んだ事件を解決する〝フェンリル騎士隊〟がいなくなれば、困ることも多々あるだろう。

そんなわけで、私はディートリヒ様を全力で引き留めた。

ただ、結婚式にはある条件を出す。

貴族のしきたりや礼儀を熟知していない私が衆目にさらされたら、フェンリル公爵家の恥となる。

そのため、参列者は最低限の人数で行いたい。そう、強く訴えたのだ。

ディートリヒ様は、私の望みを叶《かな》えてくれた。参列者を十名に抑えてくれたのだ。

ちなみに私が結婚式に招待したのは、ミリー隊長だけである。

王立騎士団で騎士を務めているときに、友達と呼べる人はいなかった。というのも、これまでの私は節約に努め、一生懸命貯蓄していたからだ。

人付き合いとは、お金が入り用である。遊びに行こうと誘われても着ていく服はないし、給料を遊びに使う余裕もない。

そんなわけで付き合いが悪い私と仲良くなりたいと思う風変わりな人はおらず、友人ゼロという悲しい現実を突きつけられていた。

しかし、悲観はしていなかった。私と結婚する人もまた、友人ゼロだったから。

ディートリヒ・デ・モーリス――歴史あるフェンリル公爵家の若き当主である。

輝く銀の髪に、切れ長の瞳、芸術品の銅像のごとく整った鼻立ちに、形のいい唇。目を瞠《みは》るほどの美貌を持つ男性が、私の夫となる。

彼が友人ゼロだった理由は、幼少期から犬の姿になるという呪いを受けていたからだった。公の場に姿を現さず、フェンリル公爵家は次期当主の呪われし姿を隠していたらしい。

そんなディートリヒ様であったが、見事、呪いが解けて人の姿に戻った。

今は犬の名残などなく、フェンリル公爵家の当主として立派に生きている。

そんな男性《ひと》と、私は今日、結婚するのだ。

いまだ信じがたい話であるが、現実である。

一歩、一歩と、結婚式のために敷かれた赤絨毯《あかじゅうたん》の上を進んでいく。

練習のときには、ドレスの裾を踏んで転びそうになった。そのたびに、ルリさんが「当日は国王夫妻が参加するのですからね！　しっかりなさってください！」と活を入れてくれた。背筋がピンと伸びる思いとなる。

だが、ドレスさばきなんて、一朝一夕で身につくものではない。

今日も、何度か裾を踏んで転びそうになっていた。ミリー隊長がしっかり私を支え、背後に続くルリさんが「転ぶな！」とばかりに強く裾を引いているような気がした。

冷や汗を掻《か》きながら、祭壇の前にたどり着く。

ここで、ルリさんとミリー隊長の仕事は終わりとなった。

ルリさんは「健闘を祈る」と言わんばかりに、強い目で私を見ていた。コクリと頷《うなず》くと、ギルバート様の隣に行き腰かける。

ちなみに、ギルバート様はディートリヒ様の弟君。銀縁眼鏡をかけた、真面目を絵に描いたような人物である。灰色がかった銀の髪を短く整え、青い瞳がキリリと輝く美丈夫だ。

隣に腰かけたルリさんは私の専属侍女で、ブルネットの髪に、紫色のミステリアスな瞳を持つ美女である。ルリさんはギルバート様の婚約者でもあるのだ。

「メロディア魔法兵、大丈夫か？」

ミリー隊長の声で、ハッと我に返る。

「だ、大丈夫です」

「そうか」

ミリー隊長は私を抱きしめ、耳元で「メロディア魔法兵、幸せになるんだよ」と今までになく優しい声で囁《ささや》いてくれた。あまりの素敵さに、一瞬「ミリー隊長と幸せになります！」と思ってしまったものの、祭壇の前で待つディートリヒ様の視線が突き刺さる。

花婿はミリー隊長ではない。ディートリヒ様だ。しっかりしろと、自らに言い聞かせる。

ディートリヒ様は結婚式のためだけに作った、フェンリル騎士隊の正装姿で私を待っていた。

純白の肩章《エポレット》に純白の飾緒《モール》、純白のマントに、純白の長靴《ブーツ》。

銀糸で縁取られた襟や裾の刺繍《ししゅう》にも、うっとりしてしまう。しかしながら、それらを完璧に着こなすディートリヒ様がもっともすごい。物語に登場しそうな、貴公子然としている。

ディートリヒ様とこうして結ばれたことは、奇跡と言っても過言ではないだろう。

出会いは、私が幼少期のころ。泥だらけの子犬を拾ったのだが、その子犬がディートリヒ様だったのだ。フェンリル公爵家に恨みを持つ狼《おおかみ》魔女の呪いによって犬の姿にされた人間だと気づかずに、私はディートリヒ様を『フルモッフ』と名付けて目一杯可愛がった。

けれど幸せな日々は続かず、子犬だったディートリヒ様は突然いなくなってしまう。白くてフワフワした、愛らしい犬を忘れられないまま十数年が過ぎ——私達《たち》は再会したのだ。

犬の姿のまま大人になったディートリヒ様は、幼少期に言った「私達、ずっと一緒よ！」という話を真に受け、大人になったら私と結婚しようと心に決めていたらしい。

気持ちばかりが先走った結果、ディートリヒ様は再会したばかりの私に「ふっ、面白い娘だ。私の花嫁にしてやろう」などと上から目線の求婚をしてくれた。

もちろん、その時の求婚はお断りした。

そこからが、大変だったのだ。ディートリヒ様の呪いを解くために、千年もの間フェンリル公爵家を呪った狼魔女の謎を追い、敵対し、ついには倒した。

無事に呪いも解け、こうして結婚式を迎えることができたというわけだ。

ディートリヒ様の隣に、並んで立つ。とろけそうな微笑《ほほえ》みを、こちらに向けていた。私は緊張でそれどころではないので、引きつっているであろう笑みを浮かべる。

参列者は起立し、パイプオルガンの演奏で讃美歌《さんびか》を斉唱した。オペラ歌手のような、バリトンの美しい歌声が聞こえる。国王陛下だった。

歌、めちゃくちゃお上手ですね……。庶民なので、安易な感想しか浮かばない。

讃美歌の斉唱が終わったら、司祭様が聖書を朗読してくれる。瞼《まぶた》が重くなるような内容が、読み上げられるのだ。ここで眠るなと、ルリさんから注意を受けていた。

しっかりとありがたい教えを耳から入れて、記憶するよう頭に叩《たた》き込む。

私の緊張も、だんだん膨らんでいった。

続いて、この結婚に異議がある者はいないか呼びかける。ロマンス小説では、「ちょっと待った!!」などと割って入る輩《やから》が現れるものの、私に横恋慕している男性なんていない。万が一いたとしても、ここは王都で最も古い大聖堂。警備は厚いので、接近すらできないだろう。

そんな妄想をしている間に、次なる儀式へと移る。司祭様は分厚い本を開いて、結婚の誓約を読み上げた。

「新郎ディートリヒ・デ・モーリス、汝《なんじ》はメロディア・ノノワールを妻とし、健やかなるときも、病めるときも、喜びのときも、悲しみのときも、富めるときも、貧しいときも、妻を愛し、敬い、慰め合い、共に助け、命ある限り真実の心をもって尽くすことを誓いますか？」

「誓います」

ディートリヒ様は丁寧に言葉を返す。真剣な横顔に、緊張感が高まる。

今度は、私が聞かれる番である。

「新婦メロディア・ノノワール、汝はディートリヒ・デ・モーリスを夫とし、健やかなるときも、病めるときも、喜びのときも、悲しみのときも、富めるときも、貧しいときも、夫を愛し、敬い、慰め合い、共に助け、命ある限り真実の心をもって尽くすことを誓いますか？」

「誓います」

声が震えたらどうしようかと思っていたが、はっきり答えられたので内心安堵《あんど》する。

指輪の交換を行い、最後の儀式を行う。それは、誓いのキスだ。ディートリヒ様がもっとも予行練習をしたがったものでもある。当然、練習は必要ないとお断りしていたのだが。

ディートリヒ様がベールを上げる。きっと、ニヤニヤしているのだろう。そう思っていたが、私の予想は外れた。ディートリヒ様は少年のような純粋な瞳で私を見下ろし、淡く微笑んでいた。思いがけない反応に、ドキドキしてしまう。

「それでは、誓いの口づけを」

司祭様に促され、ディートリヒ様はかがみ込んで唇にキスをした。軽く触れ合うようなものであった。

「拍手で、祝福してください」

十名しかいないのに、拍手喝采が大聖堂に鳴り響いた。恥ずかしいやら、照れるやら。なんとも言えない感情がこみ上げてくる。あえて言葉にするのであれば、幸せ、だろうか。熱い想《おも》いと、涙がこみ上げてきた。

最後に結婚証明書に署名をする。これにて、私とディートリヒ様は正式に夫婦となった。

「今この瞬間に、新郎新婦は夫婦となりました。未来に、幸あれ！」

これにて、結婚式は終了となる。

このあとは披露宴と、ギルバート様とルリさんの婚約お披露目パーティーを同時開催するのだ。

参加者は結婚式よりも多い百名程度。これでも、減らしたほうらしい。

ディートリヒ様は「披露宴など、しなくてもいいのでは？」と言っていたが、貴族である以上、そういうわけにもいかないだろう。結婚式は私の我儘《わがまま》を聞いてもらった。だから、せめて披露宴くらいは頑張りたい。

披露宴は結婚式ほど厳かなものではないものの、それでも緊張する。気が抜けるのは、いつになることやら。

参加者から祝福の言葉を受け、数時間もの間相槌《あいづち》を打つだけの生き物と化していた。

披露宴及び婚約お披露目パーティーは、三時のおやつの時間になる前にお開きとなった。

それには、理由がある。何を隠そう、私は夜になると狼の姿となる狼獣人なのだ。狼の姿では初夜ができなくなるので、夕方に時間を設けようという話になったのだ。

じっくりお風呂に浸《つ》かり、一日の疲れを汗と一緒に洗い流す。

ルリさんが用意した絹の寝間着を見た瞬間、「何これ」と呟《つぶや》いてしまった。

「初夜の特製シュミーズでございます」

「あの、なんていうか、ええっ……」

言葉が続かなくなる。なぜならば、ルリさんが手にする寝間着は、肌が透けるほど薄い素材で作られていたから。

「これ、絶対に下着が透け透けになるやつですよね」

「そうですが、何か?」

「いや、恥ずかしくないですか?」

「どうせ裸になるのです。恥ずかしがっても、無駄かと」

「そ、そんな!!」

覚悟を決めろ。ルリさんはそう訴えるような瞳で、シュミーズを差し出す。手にした瞬間、丈が膝上なのに気づいてさらにぎょっとした。

「ええ、何これ……! ディートリヒ様は、もっとこう、踝《くるぶし》まで覆うような、清楚《せいそ》なデザインがお好きなのでは?」

「旦那様がお好みになっているのは、奥様です。どのような恰好《かっこう》をされようが、関係ないかと」

「いや、でも」

「早くなさらないと、狼に転じる時間になってしまいます」

「そ、そうだよね」

急いで着替え、そのまま続き部屋となった寝室に向かった。ディートリヒ様はすでに寝台の上に座って待っていた。

「すみません、お待たせしました！」

「ああ、待っていたぞ」

恥ずかしいので、寝室のカーテンを閉める。薄暗くなったものの、まだ太陽が出ているような時間なので夜みたいに真っ暗にはならない。

天蓋に取り付けてある魔石灯も、呪文を唱えて灯《あか》りを消した。すると、真っ暗とまでは言えないものの、相手の姿がおぼろげになるくらいまでになった。これで、恥ずかしくないだろう。

「メロディアは、暗いほうがよいのか？」

「ええ。暗いほうが、落ち着きます」

「そうか」

私が見えないと抗議してくると思いきや、このままでいいという。

なんというか、ディートリヒ様から大人の余裕を感じた。おそらく、こういうのは慣れているのだろう。

「メロディア、いいのか？」

「どんと来い!!」

「ん？」

「あ、すみません、間違って心の声が出てきてしまいました」

何がどんと来い!!　だ。ぶつかり稽古かよ。自分の発言に、自分で突っ込んでしまう。

「えー、どうぞ、始めてください」

「ああ」

ついに、初夜が始まる。結婚式のときとは比にならないくらい、ドキドキしていた。

貴族女性は結婚するまで他の男性と付き合ったり、体を許したりすることはない。しかし、平民の女性は結婚前にお試し的なお付き合いをするのだ。

平民その一だった私だが、男性とのお付き合い経験はない。こうして男性に体を許すのも、初めてだ。この辺のお作法は、ルリさんがしっかり教えてくれた。思っていた以上にとんでもないことをするので、目を最大限にまで剝《む》いたのを覚えている。

初夜だけは、特に何かをしようと考えずに、ディートリヒ様に身を委ねておけばいいらしい。

未知なる経験を前に、大丈夫、きっと大丈夫と言い聞かせる。

ディートリヒ様は私の肩に、そっと触れた。服を脱がそうとしているのだろう。

ゴツゴツとした手が触れる——と思ったが、感触がいつもと異なっていた。

ぺたり。

肉球のような、ぷにぷにもっちりしている柔らかなものが押しつけられた。

それから、かぎ爪のような固いものが肩に軽く触れる。

「んん？」

明らかに、ディートリヒ様の手の触り心地ではない。

男女の営みにおいて道具が使われるという話も、ルリさんから聞いていた。すべての人が使うわけではないものの、そういうのが好きな人もいると。

ディートリヒ様が道具を好む場合は、驚かずに広い心で受け止めてほしい。ルリさんは淡々と、私に教えてくれた。

どうやら、ディートリヒ様は道具を好む人だったらしい。

ルリさんはマンネリの対策で、使われるとしたら数年後だろうなんて話もしていたが。

それにしても、肉球のようにやわらかくて、先端にかぎ爪のようなものがついた道具とはいったい……？

「あの、ディートリヒ様？」

「こ、これは!?」

何やら、動揺したような声が聞こえた。いったい、どうしたというのか。

道具については詳しく聞けなかったが、ディートリヒ様に問題があるようなので質問してみる。

「ディートリヒ様、あの、どうかなさったのですか？」

「メ、メロディア、た、大変だ」

「大変、というのは？」

「きょ、今日は、で、できない、かも、しれぬ」

「できない？」

「あ、ああ。私が、おそらく、使い物に、ならない……！」

ディートリヒ様が、使い物にならない？

これは、詳しく聞いてもいい問題なのか悩む。非常にセンシティブな内容の気配がした。

「メロディア、私は、どうすれば――！」

「ディートリヒ様」

手を伸ばし、ディートリヒ様の頬に触れた。と、思ったが、想定外の感触に驚いた。

モフモフ、モフモフ。

「んん？」

モフモフ、モフモフモフ。今日のディートリヒ様は、とてつもなく毛深い。

普段は髭《ひげ》の一本すら確認できないのに、どういうことなのか。もう一度、触れてみる。

モフモフ、モフモフモフモフ、モフモフモフ。

非常に、モフモフであった。ここでやっと、我に返る。

「ディートリヒ様、なぜ、そのようにモフモフなのですか!?」

「私にもわからん!!」

うつ伏せになって気持ちを落ち着かせたあと、魔石灯の灯りを点《つ》けるよう呪文を唱えた。すると、壁に大きな犬のシルエットが映った。

悲鳴を呑《の》み込み、恐る恐る振り返る。

寝台にいたのは、大きな純白の犬。かつて、私が〝フルモッフ〟と呼んでいた存在であった。

「え、ど、どうして!?」

なんと、ディートリヒ様は白くてモフモフした、大きな犬の姿でいたのだ。

私の叫びに、ディートリヒ様は首を傾《かし》げるばかりである。

可愛い……！　ではなくて、どうして突然犬化してしまったのか。

「それよりも、私が道具だと思っていたのは、ディートリヒ様のお手と爪さんだったのですね」

「メロディアよ。道具とはなんだ？」

「あ、すみません。なんでもないです。忘れてください」

てっきり、ディートリヒ様は道具愛用者かと思っていたが、まったくの勘違いだったようだ。

ディートリヒ様の犬化は、狼魔女の呪いだ。それが、突然ぶり返してきたのだろうか。

「ふむ。そういえば、呪いが何かの拍子に、再び症状が現れる、なんて話を本で読んだことがあるような、ないような……？」

「先祖返りみたいに、呪いが再びあらわれるなんて」

「では、今回の犬化は〝モフ返り〟とでも呼べばいいのか」

「詳しく調べないといけませんね」

以前の呪いは、私の光魔法によって解かれた。もう一度、試してみる。

「――光《エス・ブランドル》よ、瞬け！！」

寝室全体が、眩《まばゆ》い光に包まれる。

光が収まったあと、瞼を開いた。私の目の前に、真顔の犬がいた。

「メロディアよ、私は、人の身に戻っただろうか？」

「えーっと、ぜんぜん、戻っていないですね。ものすごく……モフモフです」

「モフモフのまま、か」

「モフモフのまま、ですね」

シーンと、静まり返る。

そういえば、以前犬の姿から人の姿に戻ったときは、この光魔法ではなかった。

「では、どの光魔法を使ったのだ？」

「両親から譲り受けた、奇跡の光魔法です」

ちなみに、一回限りの光魔法だった気がする。

「それは、もう二度と使えぬ魔法だな？」

「二度と、使えないですね」

ディートリヒ様と私は、真顔で見つめ合った。

なぜ、ディートリヒ様は犬化してしまったのか。ある可能性が思い浮かび、頭を抱えて叫んだ。

「まさか、狼魔女が復活したとか!?」

「調べてみよう」

ディートリヒ様は糸をたぐり寄せるように、狼魔女の魔力を探る。

目を閉じ、しばし集中している様子だった。

「……狼魔女の気配はない。復活したわけではないようだ」

「だったら、よかったです」

一大事ではあるものの、狼魔女が復活したわけではないようだ。ひとまず、ホッと安堵する。

「とりあえず、危険はないということで」

「はい？」

ディートリヒ様は表情をキリッとさせ、私にぐっと迫った。思わず、ごろんと寝転んでしまう。

そのままディートリヒ様は覆い被《かぶ》さるようにして、私を見下ろした。

犬化したディートリヒ様は、とにかく大きい。大型犬と呼ばれる犬種よりも、一回り以上大きいだろう。しかしながら、顔立ちは精悍《せいかん》ながらも可愛らしいワンちゃんにしか見えない。恐ろしさは、これっぽっちもなかった。

そんなワンちゃんが、はきはきとした口調で物申す。

「さて、初夜の続きをいたそう」

「は？」

「初夜だ！」

驚くべきことに、ディートリヒ様は謎の犬化を経ても、初夜を執り行おうとしていた。

現在、私とディートリヒ様は人と犬である。もう一度言おう。『人』と、『犬』である。

「ディートリヒ様、あの――――！」

無理だ。犬と人の姿でいたすなんて。はっきり拒絶したら、ディートリヒ様はショックを受けるだろう。言葉を探していたら、ディートリヒ様は突然叫んだ。

「ぬあああああ!!」

ディートリヒ様は私の上から飛び退《の》いた。寝台からも転がり落ちて、そのまま部屋の隅まで移動する。

「私は、何をしようとしていたんだ!! この姿で、メロディアと初夜を執り行おうとするなんて!!」

肉球で、自らを叩いている。激しく戒めているように見えた。

「人と人以外、行為は不可能だ!!」

どうやら、秒遅れで正気に戻ったらしい。本気で初夜を続ける気はないようで、ホッと胸をなで下ろす。

「この姿では、爪や牙で、メロディアを傷つけてしまうかもしれない！」

そんなことを主張しているものの、ディートリヒ様自身は舌先からよだれを滴らせ、ごちそうを目の前に「待て」と命じられた犬のような状態でいた。

「ディ、ディートリヒ様、その、落ち着いてください」

ぶるぶると震えている。今にも飛びかかってきそうな雰囲気だった。

大丈夫。ディートリヒ様は、私が嫌がる行為はしない。わかっているものの、興奮した様子を見せているのでまるで説得力がなかった。

「あの、まず、ですね。どうして犬化してしまったか、考えませんと」

「わかっている！　しかし、私は今日という日を、死ぬほど楽しみにしていた！」

そう叫んで、再び絨毯の上をゴロゴロと転がり始めた。

「初夜はぜひとも執り行いたい!!　しかし、メロディアを傷つけたくない!!　ふたつの大きな感情が、私の中でぶつかって――うおおおおおおおお!!」

ディートリヒ様は頭を抱え、絨毯の上をゴロゴロと転がっていた。なんだか、だんだん可哀想《かわいそう》になってくる。かといって、人と犬の姿で初夜を迎えるのは遠慮したい。けれど、夜になれば今度は私のほうが狼化するので、その姿であれば初夜を執り行えるだろう。さっそく、提案してみる。

「あの、ディートリヒ様。この姿では無理ですが、狼化したら初夜を行えると思います」

ディートリヒ様は転がるのを止《や》め、嬉《うれ》しそうに顔を上げる。が、次の瞬間にはどんより落ち込んだような表情となった。

「狼化したメロディアでも、ダメだ」

「どうしてですか？」

狼の姿は、人間よりも痛みを感じない。皮膚も強いので、ディートリヒ様の牙や爪で傷つくことはないだろう。

「体格差が、ありすぎる。狼化したメロディアは、私よりも二回り以上小さい。無理やり行えば、裂け……うう、口にするだけでも恐ろしい!!」

あろうことか、ディートリヒ様はポロポロと涙を零《こぼ》し始めた。

「辛《つら》い……！　メロディアを傷つけてしまう、可愛いだけのこの姿が！」

ディートリヒ様は思っていた以上に、私のことを考えてくれている。眉間に皺《しわ》を寄せ、べしょべしょに泣き始めるその姿が、どうしようもなく愛《いと》おしく見えた。

「ディートリヒ様、大丈夫ですよ。人間の姿では無理ですが、狼の姿であればいけるはずです」

「ダメだ！　絶対に、ダメだ！」

ディートリヒ様は非常に頑固である。こうと決めたら、絶対に揺るがない。その鋼の意志を、ここで発揮しなくてもいいのに。

「メ、メロディア、ひとつ、た、頼みがある」

「な、なんでしょう？」

これまでになく真剣な表情で、ディートリヒ様は私に話しかける。

「サイドテーブルに、小瓶が置かれているだろう？」

「はい」

手に取ると、中に小さな丸い錠剤が入っているのがわかる。それを見て、私はハッとなった。

ルリさんが、以前話していたのだ。初夜には痛みがつきものである。そのため、負担を軽減する薬品を用意し、枕の下に入れていると。

もしかして、ディートリヒ様も用意していたのか。

「これは、もしかして媚薬《びやく》――!?」

「睡眠薬である」

「え？」

「かの強力な魔獣、ケロベロスも一錠でぐっすり眠ったという伝説もある、即効性があるものだ」

この睡眠薬を、どうするつもりなのか。ディートリヒ様に問いかける。

「私に、飲ませてくれ。お口の中でサッと溶けるタイプなので、すぐに眠ることができよう」

「なぜ、このような薬を用意されていたのですか？」

「メロディアが苦痛を感じた場合に、飲もうと思っていた。情けないことに、一度爆発してしまった欲望は自分で制御できるものではない。その対策として、用意していた。私は、何があっても、メロディアを傷つけたくないのだ」

「ディートリヒ様……！」

「さあ、メロディアよ！　私に、一服盛ってくれ！　でないと、この体が、メロディアを欲して暴走してしまう！」

「わ、わかりました」

瓶には『たった一発でコロリ！』と書かれてある。

本当に大丈夫なコロリなのか。心配になる説明書きであった。

おそらく、大型の魔物を眠らせるために開発されたものだろう。

「はあ、はあ、はあ――!!　メ、メロディア、い、急いでくれ!!　ば、爆発しそうだ!!」

ディートリヒ様が苦しそうにしている。早く、飲ませてあげなくては。

一錠手に取り、ディートリヒ様のもとへと駆け寄った。

息づかいを荒くしているディートリヒ様の口に、睡眠薬を放り込む。

ぱくんと口を閉じた瞬間、バタリと音を立てて倒れた。

「うわ、本当に、即効性があるんだ」

お腹を上に向けた状態で、ディートリヒ様は眠っている。舌はだらりとしまい忘れた状態で、白目を剝いていた。虫だったら、確実に死んでいる姿である。

いや、虫でなくても、この見た目は危険なのかもしれない。

「え、もしかして死んで――いやいや!! で、でもこれ、大丈夫だよね!?」

念のため、口元に手を当ててみる。一応呼吸はしているようだが、いつもより浅いような気がした。だんだんと不安になってくる。

初夜の晩に、花嫁が毒を盛ってフェンリル公爵家の当主が死亡――なんて一面記事を想像してしまい、ゾッとした。

「ギルバート様に聞いてみよう！」

すぐさま、私は廊下に出て、ルリさんを呼んだのだった。

「ルリさん、いますか？　ルリさ――ん！」

「奥様、どうかされたのですか？」

ルリさんは寝室の隣の部屋から、ひょっこりと顔を覗《のぞ》かせた。

「ディートリヒ様が、白目を剝いて、倒れてしまい――！」

「なんと！」

「ギルバート様を、呼んできてください」

「承知いたしました」

ディートリヒ様が白目を剝き、舌をだらりと伸ばして倒れてしまった。そんな話が広がり、屋敷中に衝撃が走る。

ギルバート様は風よりも速く、ディートリヒ様の寝室に参上してくれた。

「ギルバート様、ディートリヒ様が、ディートリヒ様が!!」

「義姉上《あね》、落ち着いてください。兄上は、どういう風に倒れたのですか？」

「ケロベロスも一発でぽっくり！　という睡眠薬を飲ませただけです」

「一発でコロリでは？」

「そうです、それです！」

「それならば、心配は不要です。それは、きちんとした睡眠薬ですので」

「白目を剝いて、舌をしまい忘れているようなのですが」

「大丈夫なんです」

ディートリヒ様の寝姿は、だいたいそんなものだから気にしないように言われた。

「ディートリヒ様の寝姿を、ご存じなのですね」

「もちろんです。兄上が眠る様子は、愛らし……いえ、なんでもありません」

愛らしいか、あれは？　私には、死んでいるようにしか見えなかったが。まあ、人の嗜好《しこう》は千差万別なのだろう。念のため、睡眠薬も確認してもらった。

「飲ませたのはこの薬なのですが」

「はい、間違いないです」

睡眠薬はギルバート様が用意したもので、問題ないらしい。

ホッとしたのもつかの間のこと。お腹を上にした状態で倒れるディートリヒ様を見て、ギルバート様の態度が急変する。

「あ、あああ、兄上――――!!　ど、どうして、そのようなお姿に!?!?!?」

犬化について、説明するのをすっかり忘れていた。ギルバート様は顔面を蒼白《そうはく》にさせ、叫ぶ。

「兄上、兄上――――!!!」

犬化したディートリヒ様に、ギルバート様はすがり付く。睡眠薬がとてもよく効いているので、いくら叫んでも意識は戻らない。

「いったい、誰がこのような仕打ちを!!」

ここで、ギルバート様の叫びを聞きつけたルリさんがやってくる。すーすーと寝息を立てているディートリヒ様を一目確認し、「よく、お休みになっていますね」と呟いていた。

この状況で、冷静に振る舞えるルリさんはさすがである。ちなみに、ギルバート様に関しては無反応であった。ひとまず、全員落ち着け。そう、ルリさんは言葉をかける。

今晩、できることはないだろう。明日になってから、この問題と向き合うことになった。

「奥様、ご自分の部屋でお休みになりますか?」

「それがいいと思います」

おそらく、ギルバート様はディートリヒ様が目覚めるまで傍《そば》を離れないだろう。

それにしても、ディートリヒ様の身にいったい何が起こったのか。これから調査が必要だ。

フェンリル騎士隊が動く必要があるだろう。

そんなことを考える傍らで、ギルバート様が涙ながらに叫んだ。

「仇《かたき》は、かならず討ちます。兄上の、名にかけて!!」

「あの、ディートリヒ様は生きていますからね。眠っているだけです」

聞く耳は持っていないようだ。ルリさんのほうを見ると、首を横に振っている。婚約者であるルリさんでさえ、こうなってしまえば手の付けようがないらしい。

「しばらく、ふたりきりにさせておきましょう」

「そうですね」

ディートリヒ様の部屋をあとにし、私は自分の部屋で休んだ。

以上が、私とディートリヒ様の残念な初夜の様子だったわけである。

疲れたので、正直今すぐにでも眠りたい。しかし、それは許されないのだ。寝台の上に横になっていたが、急に胸がどくんと大きく鼓動する。

「うう、来た……!」

私の体は、夜になると狼へと転ずる。月明かりから発せられる魔力を受け、狼化するのだ。

「うううっ、ああっ!」

全身の筋肉が、骨が、悲鳴をあげる。体のありとあらゆる臓器を、鷲《わし》づかみされているような痛みにも襲われていた。歯を引き抜かれるような感覚に、全身をパンのように捏《こ》ねられるような違和感――それらに耐えている間に、体が狼へと変わっていく。

全身に毛が生えそろい、鋭い牙や爪が突き出て、耳や尻尾がぴょこんと生える。

「はあ、はあ、はあ――！」

完全に狼となると、私の声帯は狼そのものとなってしまうのだ。

「わうう……！」

すっかり人語を口にできなくなった私は、横になったままの体勢でため息をついた。

「奥様、大丈夫ですか？」

ルリさんが部屋にやってきて、水を飲ませてくれた。そして、背中を優しく撫《な》でてくれる。

狼化の痛みはなくなったが、何度経験しても慣れない。いつもはディートリヒ様が優しく撫でてくれる。そうしていたら、狼化の疲労も吹っ飛ぶのだ。今日は、代わりにルリさんがやってくれる。

全身をマッサージするように、しっかりと撫でてくれた。

「わう、わうう」

なんだか、申し訳なくなる。それを察したのか、ルリさんはポツリ、ポツリと話し始めた。

「ずいぶん前に、旦那様に何かあったときは、代わりに奥様を撫でるようにと命令を受けていたんです」

「わううう……！」

ディートリヒ様がルリさんに命じていたようだ。あまりの優しさに、涙ぐんでしまう。
ようやく、私の一日が終わりそうだ。
ルリさんに優しく撫でられながら、私はぐっすり眠ったのだった。

第一章　子持ちだったなんて聞いていない！

幸せな私達《たち》に信じがたい事件が起きる。ディートリヒ様の犬化の呪いが、再発したのだ。そのため、初夜ができず、ディートリヒ様は翌日になっても盛大に落ち込んでいた。

もちろん、モッフモフの犬の姿のままで。

「なぜ、大切な場面で私はモフ返りをしてしまったのか……！」

モフ返り――言葉自体は可愛《かわい》らしいが、実際に起きたディートリヒ様からしてみたら恐怖でしかないだろう。

ディートリヒ様の犬化の呪いをかけたのは、狼《おおかみ》魔女である。

初代のフェンリル公爵家の当主に片思いしていたものの、振られてしまった。その腹癒《はらい》せに、狼魔女はフェンリル公爵家を敵と見なし、千年もの間戦っていたのだ。

その中で、ディートリヒ様は犬化の呪いを受けた。

しかしながら、私の両親から引き継いだ奇跡の光魔法によって呪いは解かれたはずだった。

それなのにディートリヒ様は今、犬の姿でいる。

「呪いについては、今、ギルバートが調べておる」

王家が所有する魔法書を片っ端から調べているらしい。

「ギルバートは調べ物が世界一得意なのだ。正直、天才だと思っている」

緊急事態の中でも、ディートリヒ様の弟愛は健在である。ギルバート様もまた、兄であるディートリヒ様を心から愛している。相思相愛兄弟なのだ。いいぞ、もっとやれ。

私は兄弟姉妹がいないので、ディートリヒ様とギルバート様の関係を羨ましく思っているのだ。

そんなことはさておいて。

「私は、何をすればいいのでしょうか？」

「まずは、屋敷内に怪しい魔力の残滓《ざんし》がないか、調べてみようぞ」

「承知いたしました」

フェンリル騎士隊、再始動というわけである。

狼魔女を討伐するために結成されたフェンリル騎士隊であったが、狼魔女が亡き今も活動するよう国王陛下より勅命を受けている。

現在は魔法が絡んだ事件を、専門的に調査しているのだ。

「陛下にも、報告しておいたほうがいいな」

「ええ、そうですね」

ディートリヒ様の伯父でもある国王陛下は、冷徹で感情を読み取れない政治を行うことから『氷結王』と呼ばれている。

だが、実際は甥《おい》であるディートリヒ様を溺愛《できあい》する、愛情深い御方《おかた》なのだ。

「ディートリヒ様のモフ返りを知ったら、心を痛めるでしょうね」

「いや、逆に喜ぶかもしれない。陛下は、たいそうな犬好きだから」

「そ、そうでしたね」

国王陛下は大の犬好き。ただでさえ溺愛しているディートリヒ様が犬の姿になったものだから、目に入れても痛くないくらい可愛がっていたのだ。

「また、私の姿を見たら顔をスリスリしてくるに違いない。髭《ひげ》のおじさんにスリスリされても、まったく嬉《うれ》しくないのだが」

「は、はあ」

「メロディアは、どう思う？」

「どう、というのは？」

「私のこの、たぐいまれなるモフモフの姿についてだ」

「いや、なんていうか……」

「愛らしいだろう？」

「そうですけれど」

「けれど？」

「呪いを受けて転じた姿ですので、いろいろ思われるのは嫌なのでは、と思いまして」

「そんなことはない!! 私のこの犬の身も、存分に愛《め》で、愛してほしい。そんなわけで、遠慮なくモフモフするとよい!!」

ディートリヒ様はそう叫び、絨毯《じゅうたん》の上にゴロリと転がる。そして、お腹《なか》を上に見せるという服従のポーズをしたのだ。

このままではあられもない姿だと思ったのか、傍《そば》にいた執事がディートリヒ様の下半身にそっとナプキンを被《かぶ》せた。なんてできる執事なのか。

犬の姿だと、その、丸見えなので。どことは言わないが。

「メロディア、特別に、一時間モフモフし放題だ！」

「そこまで強く勧めるのならば、少しだけ」

正直、犬の姿のディートリヒ様も大好きだ。けれど、夫を犬扱いし、可愛がるなんてよくないだろう。だって、ディートリヒ様は『人』だ。『犬』ではない。愛玩動物のように可愛がるのは、失礼だ。そう思っていた。

ディートリヒ様は尻尾をブンブン振り、私の顔をキラキラした瞳で見つめている。

執事が部屋を出て、扉がパタンと閉ざされた瞬間、私はディートリヒ様のお腹に顔を埋《うず》めた。

「可愛い子ですねえー!!　よーしよしよしよし、モーフモフモフモフ!!」

私が撫《な》で始めると、ディートリヒ様の尻尾を振る速度が速まる。もはや、目視できないレベルにまで至っていた。

「はあ、ディートリヒ様、世界一可愛い!!　こんなにモフモフだなんて、最高!!」

お腹を撫で回したあとは、ふかふかの耳をきゅっと握ったり、頭をわちゃわちゃ撫でたり、顎の下を指先でくすぐったり、首周りを揉《も》んだり。私は思う存分、モフモフフルコースを味わった。

最後に、全身を丁寧にブラッシングし、いつもディートリヒ様が使っている香油を揉み込む。

「メロディア、満足したか？」

「はい!!」

ここで、私は我に返った。なんだかんだと言いながら、私は全力でディートリヒ様を犬扱いした。私みたいに狼化したら本能まで犬みたいになる存在とは異なり、ディートリヒ様は犬化しても精神は人である。だから、こういうふうに可愛がったらダメなのに――!

「ディートリヒ様、申し訳ありません!!」

「何に対する謝罪だ?」

「その、ディートリヒ様を、犬のように可愛がってしまったので」

「構わないぞ」

「え、で、でも……」

「メロディアは私が人の姿のときも、膝枕をして髪の毛を梳《くしけず》ってくれるではないか。私は、それが大好きなのだ」

「そ、そうだったのですね」

膝枕をしながらディートリヒ様の髪を梳るのは、結婚前の数少ないスキンシップであった。

遠慮がちに頼みにくるディートリヒ様があまりにも可愛くて、毎日のように梳ってあげた。ちなみに私が手入れせずとも、ディートリヒ様の髪はサラサラだった。

別に必要ないのではと思いつつも、ディートリヒ様に何かしてあげられることが嬉しくて……。

「可愛がる行為が気になるのであれば、人の姿に戻ったときにも、同じように私をモフモフすればよいだけの話!! モフモフは可愛がりではない。愛だ!!」

「愛……言われてみれば、そうですね」

「そうだろう？」

「はい!!」

お腹をしゃかしゃか撫でたり、耳を揉んだりする行為も、別に犬の姿でなくともスキンシップとして成り立つのではないか。ディートリヒ様との愛の形に、新たな可能性が爆誕した。

そんなことはさておいて。ディートリヒ様が犬化した原因を探らなければならない。

「家の中はギルバートが調べたようだが、怪しいところは見つからなかったという」

一応、フェンリル公爵家の敷地内には結界が張られている。いかなる魔法も弾《はじ》き返すような構造となっているようだ。

「もしも、それをかいくぐって私の犬化を促すような存在がいるとしたら、それは狼魔女よりも強い力を持つ魔法使いだろう」

「狼魔女よりも!?」

ディートリヒ様の推測が、胸にズッシリとのしかかる。

「ディートリヒ様が、ずっと犬のままだったら――」

「メロディアに、毎日たっぷりモフモフしてもらえるな!!」

ディートリヒ様の表情に、憂いは欠片《かけら》もない。それどころか、キラキラと輝いていた。

毎日十分触れ合っていたと思っていたが、ディートリヒ様的には不十分だったようだ。

それにしても、犬化についてさほど気にしていないように見える。その辺は、どう思っているのか。思い切って、質問を投げかけた。

「その、ディートリヒ様はものすごく前向きですね。犬化して、ショックではなかったのですか？」

「長年犬の姿だったからな。そもそも、人間には戻らないだろうと思っていたから、今も深刻に考えていないのかもしれない」

ディートリヒ様の強さに、救われたような気持ちになる。もしも、彼が盛大に落ち込んでいたら、私までガッカリして気分が沈んでいたことだろう。

「まあ、初夜ができなかったのは、さすがにショックだが」

「その辺は、また、人間に戻ったときにでも」

「そうだな」

これまでの、どの言葉よりも重たい「そうだな」だった。本当に、心待ちにしていたのだろう。

まさか、初夜の晩にモフ返りしてしまうなんて不幸としか言いようがない。

「再び犬化してしまうのは大変な状況であるが、私の中で重要なのは、メロディアが傍にいるか、いないか、ということだけだ。今、メロディアは傍にいる。それだけで、私は幸せなのだ」

「ディートリヒ様……」

「逆に、メロディアは嫌ではないのか？　夫たる男が、このような姿で」

「はい、嫌ではありません。その、私も、同じ気持ちです。ディートリヒ様が傍にいるならば、どんな姿でも構わないのです」

「よかった」

想《おも》いはひとつだったので、ホッと胸をなで下ろす。

「気合いを入れて、調査をしなければならない。準備をするぞ」

「はい」

ディートリヒ様は尻尾をバタンバタンと絨毯に打ち付ける。すると、執事がやってきた。

「旦那様、何かご用でしょうか？」

「例の物を持ってきてくれ」

「はい、かしこまりました」

執事が深々と頭を下げ、いなくなってから質問する。

「ディートリヒ様、例の物とはなんですか？」

「見てからのお楽しみだ」

五分後、執事はルリさんを伴って戻ってきた。手には、大きな長方形の箱を抱えている。

箱はテーブルに置かれ、蓋が開かれた。

「これは――！」

「メロディアの、新しいフェンリル騎士隊の制服だ！」

それは、軍服とドレスを合わせたようなデザインであった。

「うわ、カッコイイですね」

「そうだろう、そうだろう」

以前のフェンリル騎士隊の制服は、私の王立騎士団時代の制服に似せて作られていた。

一方で、今回の制服はディートリヒ様がまとっていたフェンリル騎士隊の制服に似せて作ったのだろう。生地は海のように深い青。肩章《エポレット》はレースがあしらわれており、金の飾緒《モール》がフェンリル騎士隊のエンブレムと繋《つな》がっていた。スカートはふんわりふくらんでいるが、動きやすいように軽く作られている。帽子はベレー帽で、あしらわれたリボンが可愛い。靴は宝石が付いた豪奢《ごうしゃ》な物が用意されていた。

「メロディアがよりいっそう美しく、活躍できるよう特別に仕立てた」

「ありがとうございます」

「さっそく、そのドレスをまとってくれ。私も、特別な装いで調査しようぞ」

「承知しました」

そんなわけで、ルリさんと一緒に身なりを調える。

今回、ルリさんの分もフェンリル騎士隊の制服が準備されていたようだ。

「ルリさんも、フェンリル騎士隊の一員なんですね」

「お役に立てるかはわからないのですが」

いざというとき、ルリさんがいたらとても頼もしい。特に護身術などを習っているわけではないものの、こう、強そうに見える。一緒にいるだけで、安心できるのだ。身支度を手伝ってくれるレディースメイドがやってくる。ルリさんも、ここで一緒に着替えるようだ。

「あ、ルリさんの制服も可愛い！」

軍服を基調としているデザインは同じで、ルリさんのはエプロンドレス風になっている。太もものガータベルトに、ナイフや短銃が差し込まれていたのは見なかったことにした。

一時間ほどで化粧と着替え、髪結いまで終えた。きっとディートリヒ様が待っていることだろう。

「ディートリヒ様、お待たせしました」

「私も今終わったところだ――おお、メロディア！　素晴らしく似合うな」

「あ、ありがとうございます」

ディートリヒ様は私の周囲をくるくる回り、服装を眺めているようだった。

「まるで、この世に降り立った美しくも愛らしい、妖精の化身のようだぞ」

「よく、そんな言葉がぽんぽん出てきますよね」

「脳裏に浮かんだ言葉を、そのまま口にしただけだ」

恥ずかしいので、すべて伝えなくていい。そう訴えても、聞く耳は持たないようだ。

「ディートリヒ様も、新しい首輪を付けているのですね」

「気づいたか。さすが、我が最愛の妻メロディアだ」

おろしたての首輪は、リボンが付いた可愛らしいデザインである。なんでも、呪いが解ける前に注文していたようだが、人の姿に戻ってから完成したらしい。

「これを使う機会などもうないと思っていたが、役立ってよかった」

よくよく見たら、首輪に住所と名前が書かれてあった。

「この情報、必要ですか？」

「迷子になるかもしれないだろう？」

迷子になったとしても、このような超大型犬を助けてくれる人なんているのか。それよりも、いい年をして迷子にならないでほしい。切実に、思う。おまけによくよく見たら、首輪には私の名前も書かれていた。

「なんで私の名前まで!?」

「御主人様の名前は、書いておかなければならないだろうが」

「なんで私が御主人様なんですか!?」

「メロディア以外、思いつかなかった」

わけがわからない。が、ディートリヒ様の相手をまともにしていたら、話が進まない。首輪の情報については、気づかなかったことに決めた。

「では、庭の調査に向かいましょうか」


ディートリヒ様は「ふむ」と返事をしたのちに、散歩紐《ひも》を銜《くわ》えて私に差し出した。

「なんですか?」

「散歩紐を繋いでくれ」

「ご自宅の庭なので、散歩紐は必要ないのでは?」

「そうだが、メロディアと繋がっていたいのだ」

散歩紐なんてまったく必要ない、と諫《いさ》める時間がもったいない。何もかも諦めて、ディートリヒ様の首輪に散歩紐を付けた。

「メロディア、ありがとう……！　ずっと、メロディアとこうしたいと、思っていたのだ」

「ずっと？　人間の姿に戻ってからもですか？」

「ああ！」

人の姿で首輪を装着し、散歩紐で繋がれたディートリヒ様の様子を想像する。確実に、変態だ。

犬の姿では許されているものも、人間の姿だと許しがたくなる。これが、現実だ。

「この願望は、ずっと隠していたのだが」

「永遠に、隠しておいてほしかったです」

できたら墓場まで、持っていっていただきたかった……。しかしその欲望も、人の姿では迷惑をかける自覚はあったのだろう。こうして犬の姿で望むだけであれば、さほど問題はない。

否、問題だらけな気がしたが、深く考えないようにした。

「では、気を取り直して、いきましょう」

「ああ、そうだな」

ルリさんには、屋敷に残ってもらう。もしも、ギルバート様が有力な情報を持ち帰ったら知らせてくれと頼んだ。ルリさんの見送りを受けつつ、傘に模した魔法の杖《つえ》とディートリヒ様と繋がっている散歩紐を握って庭に出る。

外は晴れ渡っているものの、すっかり秋が深まっているからか風は冷たい。

「メロディアよ、寒くないか？」

「はい、寒くありません」

「そうか、よかった。実は、そのドレスには防寒魔法がかけてあるのだ」

「そうなのですね」

刺繍《ししゅう》のひとつひとつが、魔法になっているらしい。

「他に空を駆け、水中での呼吸、大跳躍をも可能とし、魔法を弾き返す結界も兼ね備えている。他にも三十以上の機能がついた、ありとあらゆる攻撃からメロディアを守る、とっておきの一着なのだ」

「な、なんてものを作っているのですか！」

「夫として、これくらいのドレスを妻に用意する義務があるのだ。ちなみに、一年かけて製作した最高傑作である」

その情熱を、別の方向に向けたらいいのに。

現在、ありとあらゆる品物に魔法を付与した魔道具の開発が盛んだ。貴族達は魔道具を作る職人を囲い、どんどん作らせているという。もしも、大流行するような品物を作ったら、左団扇《ひだりうちわ》で暮らせるに違いない。それくらい、国中で魔道具への注目が集まっているのだ。

「ディートリヒ様は新たな魔道具の開発に興味はないのですか？」

「私が興味があるのは、メロディアだけだ」

なんてわかりやすい答えなのか。しかし、その考えはいささか危険な気がする。

「私以外にも、興味があるものを作ったほうがいいですよ」

「どうしてだ？」

「私はずっと、ディートリヒ様のお傍にいるわけではありませんからね」

「なぜだ!? メロディア、私を置いて、どこに行こうというのか!!」

ディートリヒ様は私の腕と胴の間に鼻先を突っ込み、「メロディア、いかないでくれ!!」と涙声で訴える。

「どこにも行かないですよ」

「だったら、なぜ、そのようなことを言う?」

「いや、いくら夫婦といえど、死までは分かち合えないでしょう?」

十年、二十年、三十年と連れ添った夫婦でも、死だけは別々だ。一緒に死ぬなんてことは、一緒に事故や災害にでも遭わない限りありえない。

「メロディアが死んだら、私もすぐに死ぬ。心配するな」

「心配だらけですよ!」

とんでもない覚悟に、盛大なため息をついてしまう。

「私は一秒でも長く、ディートリヒ様より生きなければならないのですね」

「そうだな。メロディアには、私を看取《みと》ってほしい。それが、最終的な願いだ」

そんなほの暗い将来について話しながら、美しい薔薇《ばら》庭園を歩く。今は秋薔薇の盛りだ。春の薔薇のように花々が豪奢に咲き誇ることはないが、豊かな濃い香りが庭を包み込んでいる。

ディートリヒ様は家族や使用人以外の魔力の残滓がないか、地面に鼻先を近づけてくんくんと匂いをかいでいた。見た目は、完全に犬である。

見知らぬ人に、「夫なんです」と答えても、信じてもらえないだろう。

「ディートリヒ様、いかがですか？」

「妙だな」

「妙、ですか？」

「ああ」

何やら匂いに、引っかかりを覚えているようだ。

「何か、怪しい匂いがあるのですか？」

「いいや。あるはずの使用人や家族の匂いすら、感じない」

「鼻が詰まっているのでは？」

「調べてみよう」

「どうやって調べるのですか？」

「メロディア、協力してもらってもいいか？」

「いいですよ。何をすればいいのですか？」

「しゃがみ込んでもらえるか？」

「はあ」

いったい何をするのか。なんとなく嫌な予感がして、身構えてしまう。

ディートリヒ様は私の首筋に鼻先をズボッと差し込み、くんくんと匂いをかいでいた。

「ひ、ひゃあ！」

まさか、首筋に冷たい鼻先を突っ込んでくるとは想定もしていなかった。驚いて、変な声を発してしまう。くんくん、くんくんくんくん、くんくんくんくんと猛烈に匂いをかいでいた。

「あの、どうですか？」

「なんともかぐわしい……！」

「え？」

「一生、この匂いをかいでいたい」

そう呟《つぶや》いた瞬間、ディートリヒ様はあろうことか私の首筋をぺろりと舐《な》めたのだ。

「きゃー！」

ディートリヒ様から距離を取り、しっとり濡《ぬ》れた首筋はハンカチで拭く。

「す、すまない、メロディア！　匂いをかいでいたら、舐めたくなった！」

「な、ななな、何を言っているのですか！」

「おいしい味がした！」

「感想はいりません！」

おかしな発言をしているものの、鼻はなんともないようだ。ディートリヒ様の変態行為と変態発言は、今に始まったことではない。聞かなかった方向で処理した。

「しかし、ディートリヒ様の鼻が問題ないとするならば、なぜフェンリル公爵家に出入りしている者の魔力の残滓が根こそぎなくなってしまったのでしょうか」

「――むっ？」

「どうかなさいましたか？」

「子どもの泣き声が聞こえるぞ」

「子ども、ですか？」

「ああ。こっちだ」

迷路のような薔薇園を抜け、子どもの泣き声がするほうへと駆けていった。

「えーんえーん、えーんえーん！」

「あ――！　私にも、聞こえました」

「だろう？」

薔薇園を抜けた先にある、噴水広場へと出てきた。そこに、ボロボロの貫頭衣をまとっただけの子どもがしゃがみ込んで泣いていた。年頃は、四歳前後だろうか。肩口まである髪は、ディートリヒ様に似た銀色だ。性別は、もっと近づかないとわからない。

「もしかして、親戚の子どもですか？」

「いや、うちの親戚に、あのように小さな子どもはいなかったはずだ。幻術か何かの魔法かもしれん。私が見てくる」

子どもは接近するディートリヒ様に気づく。すると、余計に泣き始めた。

ふいに、魔力の波動を感じる。

「ディートリヒ様っ!!」

噴水の水がゆらゆらと揺れて浮き上がり、渦を巻いたような形となる。それが、突風のごとく

ディートリヒ様に襲いかかってきたのだ。

「くうっ!!」

なんとか回避し、後退する。子どもは先ほどよりも、大きな声で泣き始めた。

魔力が安定していないのだろう。渦を巻いた水は、右に、左にと大暴走している。

「ディートリヒ様、あの子どもはなんなのでしょうか？」

「わからん」

ただ、見た感じは邪悪な気配は感じない。おそらく、近づく相手が恐ろしくて攻撃しているのだろう。傍に寄らなければ攻撃するつもりはないようだ。

目元は長い前髪で覆われていて、表情は見えない。怒っているのか、悲しんでいるのか。それすらもわからない状態である。もう一度ディートリヒ様は接近したが、結果は同じだった。一回目よりも強力な反撃に遭ってしまう。

「水しぶきを浴びて、少し顔が濡れたぞ！」

ディートリヒ様は体をぶるぶると震わせ、水分を飛ばしていた。

「ディートリヒ様、どうしましょう」

「このまま放っておくことはできないだろう。少々手荒な手段となるが、一度使役状態にして、おとなしくさせるしかないようだ」

使役というのは、魔法の力で意思をねじ伏せて従わせるものである。高位魔法だが、ディートリヒ様は使いこなせるらしい。ただ、強制的に使役するのは、相手より魔力が大きい場合に限定する。

もしも、あの子どもがディートリヒ様よりも魔力を有していた場合は、逆に使役されてしまうのだ。

「ディートリヒ様、相手が誰かもわからない状態で、いきなり使役するのは危険では？」

「心配はいらない。この国に、私よりも魔力が高い者は、狼魔女を除くといなかった」

「でも、相手がただの子どもでない以上、用心が必要かと」

「それは、そうかもしれないが」

他に対策はあるのか？　ディートリヒ様はそんな言葉を、呑《の》み込んだように思えた。

自分も思いつかないのに、相手に意見を強要したくないのだろう。

「ディートリヒ様、私が行きます」

「は？　メロディア、どこに行くというのだ」

「あの子のところです。優しく話しかければ、応じてくれるかもしれません」

「いやいや、相手は癇癪《かんしゃく》を起こしている子だ！　危険だろうが！」

ダメだ、ダメだと大反対される。それは想定済みであった。

私は胸を張り、ドレスの裾を握ってディートリヒ様に問いかける。

「このドレスは、ありとあらゆる攻撃から私を守る、最高傑作なのでしょう？　それとも、ディートリヒ様は嘘《うそ》をおっしゃったのですか？」

「ぐ、ぐぬう。でも、簡単に、許可は、できぬ。あの子どもは、私に問答無用で攻撃してきた。メロディアにだって、攻撃する可能性は大いにあるのだぞ？」

「単純に、大きな犬が怖かったのかもしれませんよ」

小さな子どもにとって、ディートリヒ様ほどの大きな犬が接近してきたら恐怖でしかないだろう。

「私が、どうして泣いているのか、聞いてきますので」

「ならば、一緒に行こうぞ」

「ディートリヒ様はダメですよ。怖がるので」

「愛らしい見た目の私を怖がるなんて……！」

「小さな子どもは、そんなものですよ」

ディートリヒ様に言い聞かせ、魔法の杖代わりの傘を地面にそっと置いた。ディートリヒ様は目を丸くし、責めるように問いかけてきた。

「おい、メロディア。どうして傘を置いていく？」

「だって、武器を持って近づいてきたら、怖いでしょう？」

「そ、それはそうだが」

「ディートリヒ様、とにかく今は、私に任せてください」

「ぬう……！」

子どもは、相変わらず泣きじゃくっている。一歩近づこうとすれば、噴水の水を操って攻撃する姿勢を見せた。

「メロディア、危険だ！」

「ディートリヒ様、しばし黙っていてください」

息を大きく吸い込んで、吐く。なるべく優しく接しなければ。相手は、幼い子どもなのだから。

ディートリヒ様と結婚するまでの一年半、私は慈善活動の一環として孤児院の訪問を行った。

そこには、親がいない子ども達が大勢暮らしていたのだ。養子として新しい家族に迎えられる者もいれば、十五歳になるまで孤児院で暮らし、独立する子もいる。それぞれの事情を抱え、孤児院に行かざるをえない状況になったのだろう。そんな孤児院の子ども達は、大人達を警戒している。すぐに心を開くということは、ないようだ。世話をするシスターは、ひとりひとりの子どもに愛情を注いでいる暇はない。少ない人数で、料理を作り、掃除をし、洗濯を行う。働き詰めで、くたくただった。シスターと子ども達が接する機会といったら、いたずらをしたときに叱ったり、注意したり。

そんな環境なので、子ども達は大人を敵だと思い込んでいるのだろう。優しく声をかけても、逃げられたり、ぷいっと顔を逸《そ》らしたりと、なかなか仲良くなれない子ばかりだった。

これまで、子どもと接する機会もなかったので、大変な苦労をした。上から見下ろす行為が、子ども達を萎縮《いしゅく》させてしまうと気づいたのは、ずいぶんあとの話だった。もしかしたら、あの子もそうなのかもしれない。大人が、怖いのだ。

だから私は、しゃがみ込んで四つんばいになる。そして、優しい声を心がけ、話しかけた。

「あの、私は、メロディアと言います。あなたと、お話をしたくて……」

噴水の勢いは止まった。私の語りかけに、耳を傾けてくれているようだ。

「私は、あなたの味方になりたいと、思っています。だからどうか、泣き止《や》んで、いただけますか？」

熱い訴えが心に響いたのか、子どもは泣き止む。そして、私に向かって手を差し伸べてきた。

ゆっくり、ゆっくりと近づいて、目線が同じになるようにしゃがみ込む。伸ばされた小さな手を、そっと包み込むように握った。

やわらかくて、あたたかくて、今にも壊れそうなくらい繊細な手だった。

触れ合った瞬間、眩《まばゆ》い光に包まれる。

「こ、これは――!?」

「メロディア――――!!」

いったい何が起こっているのかわからなかったが、子どもの手を引き抱きしめる。

それと同時に、意識がスーッと遠退《とおの》いてしまった。

◇◇◇

「ううん……!」

心地よいまどろみの中にいた。これは、二度寝したときの満足感というか、なんというか。

非常に気持ちがいい目覚めだった。胸に抱いているやわらかいものが、もぞもぞと動く。

「んんん?」

ここで、意識がはっきりと覚醒する。

私は庭で発見した子どもを胸に抱き、ぐっすりと眠っていたようだ。子どもの服はルリさんか誰かが着替えさせてくれたのか。ボロボロの貫頭衣から、大人用のやわらかなシャツをまとっていた。

髪はきれいな色なのに、ボサボサであった。前髪も、目が隠れるほど長いので切らなければならないだろう。性別は不明だったが、どうやら女の子のようだ。優しく頬を撫でていると、もぞりと動く。口元をもにょもにょと動かすので、そっと近づいて耳を傾けた。

「ママ？」

「マッ――ママ、ですって？」

ついつい大きな声を出しそうになったが、驚かせてはいけないと思って寸前で堪《こら》える。

私が、ママ？

どこでどう勘違いしたら、そうなってしまうのか。

「わ、私はあなたのママでは――」

「ママ、ちがう……？」

どうしてかわからないけれど、不安な声を耳にすると、胸が引き裂かれそうなほど悲しくなった。

「ママ……ママ……どこ？」

子どもの頬に、涙が伝う。

伸ばされた手を、思わず握ってしまった。そのまま、ぎゅっと抱きしめる。

子どもは安心しきったように、スリスリと身を寄せてきた。

「――ッ!!」

この瞬間、私の中にあった母性が爆発した。

「ママ？」

「マ、ママは、ここにいますよ」

「ママ！」

縋《すが》るように、抱き返される。胸の中に、なんとも言えない切ない感情がじわーっと広がったような気がした。

「ママ、わたし、ずっと、さみし、かった」

「もう、ママがいるので、悲しむことはありません」

しばし、抱きしめる。安心したのか、眠ってしまったようだ。

この子どもはいったい、どこの子なのか。孤児院にいたら、服がボロボロなはずがない。

すーすー寝息を立てる子の、長い前髪を横に流した。肌つやはきれいだ。頬もふくふくで、栄養が偏っているようには見えない。

「ううん……！」

うっすらと、目を開く。瞳は、海のように深い青だった。

「え!?」

すぐに、瞼《まぶた》は閉ざされた。深く寝入っているように思える。

寝顔を見下ろしながら、私はしばし言葉を失っていた。

前髪を避《よ》け、目を開いた少女の容貌が、ディートリヒ様にそっくりだったからだ。

髪の色といい、瞳の色といい、この子は間違いなくフェンリル公爵家の血を引く子どもだろう。

いったい誰の子どもかと考えた瞬間、ディートリヒ様の顔が浮かぶ。

まさか、隠し子!?

いやいや、ないない絶対ないと思いつつも、ディートリヒ様そっくりな子どもを目の前にすれば揺らいでしまった。

話を聞く前に疑うのはよくないだろう。ひとまず、使用人を呼んでしばし子どもの面倒を見てもらうことにした。

動揺をどうにかするために私室に戻る。ルリさんがやってきて、心配そうな顔で私を覗《のぞ》き込んだ。

「奥様、具合はいかがですか?」

「大丈夫です。あ、ディートリヒ様に、報告しませんと」

「私のほうから奥様がお目覚めになったとお伝えしてまいります。飲み物もご用意しますね」

「ありがとうございます」

ルリさんはアツアツの紅茶とクッキーを用意してくれた。そういえば、昼食を食べ損ねていた。そこまでお腹は空《す》いていないので、クッキーで十分だろう。

「あの、ルリさん。倒れた私と子どもを運んでくれたのは、どなたでしょうか?」

「奥様とお子様を屋敷へ連れてきたのは、旦那様です」

背中に乗せて、運んでくれたようだ。その辺も、まったく記憶にない。

「お子様のほうは全身が汚れていたので、お風呂に入れました。そのあと、目覚められて。わんわん泣き始めたのですが、旦那様のご命令で奥様のもとへ連れて行ったら大人しくなりました。そのまま寝かせて今に至るというわけです」

「そうだったのですね」

それにしても、なぜあの子は私をママと呼んだのか。これについては、考えても仕方がないだろう。それよりも先に、気になっていた件について、勇気を振り絞って質問してみる。

「ルリさん、あの子どもなのですが、驚くほどディートリヒ様そっくりなんです」

「私も、そのように思いました」

もしかしたら見間違いかも？　などと思っていたが、ルリさんの目にもディートリヒ様そっくりに見えたようだ。

「も、もしかして、あの子は、ディートリヒ様が、そ、外で、他の女性と――」

「いえ、それはありえません」

ルリさんはキッパリと言いきった。私に気を遣って嘘を言っているようには見えない。

「旦那様と愛人契約を結ぼうと近づく者はいたようですが、まったく相手にしていなかったようです。旦那様にとって、奥様以外の女性はいっさい眼中にないのでしょう」

「そ、そうだったのですね」

「女性との手紙のやりとりや、面会も、まったくございません。ご安心を」

「え、ええ」

「信じられませんか？」

「いや、そういうわけではないと思うのですが、あの子があまりにも、ディートリヒ様にそっくりだったので」

「あのお子様は四歳前後で、旦那様が人の姿に戻ったのは一年半前。計算が合わな……いえ、直接お聞きになったほうがよいかと」

ルリさんの言うとおり、本人に直接話を聞いたほうがいいのだろう。心配もしているだろうから、なるべく早めに話をしたい。

今の時間は仕事をしているだろうから、話せるのは早くても夕方くらいか。

そんなふうに考えていたが、ディートリヒ様はすぐに私のもとへとやってきた。

「メロディア、目覚めたのだな。体はなんともないか？」

「おかげさまで」

私が倒れる前に浴びた、謎の光はなんだったのか。話を聞いてみたら、すでにギルバート様が現場で検証してくれたらしい。

「あれは、強制睡眠だ。噴水の近くに、魔法痕が残っていた。子どもが、発動させたのだろう」

「私だけではなく、自身にもかけたのですよね？」

「そうだな」

「なぜ、そのようなことを？」

「そこまでは、わからなかった。本人に聞くしかないだろう」

魔法を使い、私にだけ心を許す子ども――謎が深まる。

不安げで、不安定で、今にも消えてしまいそうなほど儚《はかな》い。そんな印象だった。

「あの子は、ディートリヒ様の子どもではありませんよね？」

「違う。私は、メロディアと結婚するまで、誰とも交わらなかった。昨晩、初夜を執り行えなかったから、私は純潔《じゅんけつ》を保ったままだ」

「そうだったのですね。経験がないのに、私に対してあそこまで配慮できたことがすごいです」

「座学でしっかり学んでいたからな。最初に習ったときには、正直暴力としか思えなかった」

「実は私も、そう思っていました」

昨日の夜は、ドキドキよりも大丈夫なのかという気持ちが大きかったかもしれない。同時に、覚悟もしていたわけだけれど。

「メロディアが嫌がれば、私は毎晩睡眠薬を服用する覚悟はできていた」

「あの、毎晩睡眠薬を飲むのは体によくないと思うのですが」

「あれは魔法薬だ。体に負担はかからないようになっている。私にとって、メロディアが一番なのだ。自分の欲求など、二の次なのだ」

「ディートリヒ様、ありがとうございます」

心がじんわりする。ディートリヒ様と結婚して、本当によかったと心から思った。

「えっと、すみません。話を戻しますが――」

ディートリヒ様そっくりの子どもは、いったいどこからやってきたのか。

「フェンリル公爵家の隠し子というのは、絶対にありえない」

「どうしてですか？」

「我が一族は、一度決めた伴侶《はんりょ》を絶対に裏切らないからだ」

フェンリル公爵家の祖先は私の両親と同じ、ルー・ガルー一族である。

ルー・ガルー一族は男女ともに一途《いちず》で、結婚した相手以外の異性は眼中にないようだ。

「また、たとえ他人の子どもであっても大事に、愛《いと》おしく思う傾向もあるらしい。だから、子を寒空の下に捨てるなんて愚行《ぐこう》は取らないはずだ」

「そう、ですよね」

先ほど、私に縋る子に対し母性が爆発したと思っていた。しかしそれは微妙に異なっていて、ルー・ガルー一族としての血がそうさせたのかもしれない。

「ディートリヒ様、これからどうしますか?」

「ひとまず、あの子どもは我が家で保護しよう。一応、親戚筋にも心当たりがある者がいないか調べてみる」

「では、面倒は私が見ますね」

「なぜ、メロディアが?」

「私を母親だと思っているようで」

「な、ななな、なぜ!?」

「それは、よくわかりません」

声や姿形、性格が母親に似ていたとか? それとも、頼れる相手を母親と決めつけたのか。その辺は、本人に聞かないとわからないだろう。見た目は四歳前後なので、きちんと説明できるかはわからないが。

「ぐぬぅ！　メロディアが母親とか、羨ましすぎるぞ。私も、メロディアの子になりたい！　どうだろうか!?」

「いや、どうだろうかと聞かれましても……」

「いい子にしているぞ」

「大人はみんな、基本的にいい子で当たり前です」

「ぐぬう！　大人である身が憎いぞ！」

よくわからない発言をするディートリヒ様を無視し、寝室に戻った。

子どもの顔を覗き込む。疲れているのだろう。ぐっすりと眠っているようだった。

「あなたは、どこから来たのですか？」

眠る子に、語りかける。当然ながら、答えはない。私ができることは、この子の面倒をしっかり見てやることくらい。孤児院の経験を活《い》かして、頑張らなくては。


それから三時間後に、子どもは目覚めた。まずは、優しく話しかけてみた。

「よく眠りましたね」

「ママ……」

「はいはい、ママですよ」

否定するのはよくないと思い、ママと呼ぶのを受け入れる。すると、甘えるようにぎゅっと抱きついてきた。あまりにも可愛いので、苦しくないであろう程度の力で抱き返す。

幼い子どもはやわらかくて、なんだかホッとする甘い匂いだ。

この子は、なんていう名前で、どこからきたのだろうか。謎は尽きない。

「あなたの名前は？」

「……」

名前がないと困ると思って聞いてみたものの、まさか答えないとは。このままでは不便だろう。かといって、勝手に付けた名で呼ぶのもどうかと思う。

「ママ、わたしの名前、何？」

「うっ！」

逆に聞かれるとは想定外であった。私がママならば、この子の名前も知っているはずだ。

「わたし、名前、ない？」

眉尻を下げ、しょんぼりとした様子で聞いてくる。

これくらいの年齢ならば、自分の名前を言えるだろう。言わないということは、本当にこの子には名前がないのかもしれない。

今にも泣きそうな顔で見つめてくる。なんだろうか、この子から感じる不思議な雰囲気は。誰の影響も受けず、まっさらに育った子と言えばいいのか。

やはり、名前は必要だろう。ふいに、思いついた名を口にする。

「では、あなたのことは、クリスタルと呼びましょう」

「くりすたる？」

「そうです」

水晶のように透明で、まっさら。この子から感じた印象を、そのまま名前にしてみた。

「くりすたる……くりすたる……クリスタル！」

「そうです。あなたは、今日からクリスタルですよ」

「クリスタル、名前、うれしい！」

長い前髪をかき上げてあげると、そこには笑顔があった。瞳は、輝いている。

昨日見たのは憂いの表情だったので、ホッと胸をなで下ろした。

「クリスタル、前髪を、どうにかしましょうか」

「うん？」

このままでは不便だろう。ルリさんを呼んで、前髪を結ってもらった。後ろ髪も、高い位置でふたつに結んでもらう。リボンを結んで、可愛くしてもらった。

人見知りをしないか心配していたが、ルリさんは平気なようだ。

「奥様、髪はこのような感じでよろしいでしょうか？」

「はい、ありがとうございます」

髪型が整うと、表情が見えやすくなる。きょとんとしていたので、頭を撫でてあげた。すると、にっこりと微笑《ほほえ》む。

「次は、お着替えをしましょうか」

「おきがえ！」

ルリさんが持ってきてくれた子ども服を着せた。フリルたっぷりのワンピース姿が、よく似合っている。あまりの愛らしさに、ぎゅっと抱きしめてしまった。

「あああ～～、可愛すぎます！」

「ママ、かわいい？」

「とーっても、可愛いですよ！」

「かわいい、よかった」

なんだろうか、この天使のような生き物は。可愛いにもほどがある。

指先を差し出すと、ぎゅっと握ってくれる。手のひらは、とても温かい。心の中までじんわりと温《ぬく》もりを感じたような気がした。

「そういえば、子ども服を買いにいったのですか？」

「いいえ、こちらはディートリヒ様が子ども時代にお召しになっていたものです」

「な、なぜ、ワンピースを？」

「貴族には、幼少時に異性の恰好《かっこう》をさせる習慣があるのですよ」

なんでも、その昔、幼児の夭折《ようせつ》が各地で相次いだ。その原因は単なる医療魔法の未発達だった。けれど当時の人達は、子どもの死を悪魔が命を持ち去ったと決めつけていたらしい。

「異性の服を着せていたら、悪魔が混乱して命を奪わないと考えていたそうです」

「また、とんでもない対策ですね」

「ええ。生まれつき病弱な子どもには、わざと異性の名を付けて、悪魔から守っていたそうです」

「なるほど」

その習慣が現代にも残っていて、貴族の家では幼少期に異性装をさせていたようだ。

「ディートリヒ様の子ども時代の異性装、可愛かったでしょうね」

貴族の不思議な習慣のおかげで、こうしてクリスタルに可愛いワンピースを与えられたというわけだった。

「奥様、そろそろ夕食を取りませんと」

「そうですね」

早めに食べておかないと、狼化してしまう。いろいろあったので、すっかり失念していた。

「クリスタル、お腹、空きました？」

「すいた！」

昼食を食べずに眠っていたのだ。言われてみれば、空腹である。思い出したかのように、お腹がぐーっと鳴った。

食堂ではなく、私の部屋に運んでもらうことにした。円卓にテーブルクロスがかけられ、料理が運ばれてくる。普段はひと品ひと品出されるが、今日は前菜から食後の甘味までテーブルに並べられた。海老《えび》の冷製ムースに、トウモロコシのポタージュ、白身魚のバター焼きに肉団子のソース絡め、焼きたてのふわふわパンに、フランボワーズのジュレなどなど。

どうやら、子どもが好みそうな料理を作ってくれたらしい。

前菜は海老の冷製ムース。クリスタルは食べられるだろうか。

不思議なものを見る目を向けていた。匙《さじ》で掬《すく》って、口元へと持っていく。

「これ、なに？」

「おいしいですよ」

眉間に皺《しわ》を寄せるので、先に私が食べてみせた。

「とってもおいしいです」

「おいしい、食べたい！」

再び匙を差し出すと、パクリと食べる。どうやら、私の毒味が必要なようだ。

トウモロコシのポタージュも、私が口にすると途端に興味を示す。自分で匙を持ち、零《こぼ》しながらも飲み始めた。

「おいしい！　これ、おいしい」

「おいしいですね」

食欲があるようで、ホッと胸をなで下ろす。クリスタルは大人の三分の一ほどの量を、ペロリと平らげた。

食後は窓辺に置かれた揺り椅子に腰かけ、膝にクリスタルを座らせる。

「ママ、ゆらゆら、楽しい」

「楽しいですね」

時間が経《た》つにつれて、いろいろとお喋《しゃべ》りをしてくれるようになった。

かといってクリスタルに対する質問は、今はしないほうがいいだろう。まずは、私が味方であるということを、時間をかけて理解してもらう必要がある。

沈み行く太陽を眺めつつ、椅子をゆらゆらと動かした。すると、クリスタルは寝入ってしまった。

ルリさんが、膝にそっとブランケットを被せてくれる。

「このまま、朝まで眠ってくれるといいのですが」

「怪しいところですね」

まだ、夜にもなっていない。そのうち目覚めるだろう。

問題はそれだけではなかった。

これから、私は狼化してしまう。犬の姿のディートリヒ様を怖がっていたので、私も怖がられてしまうかもしれない。

「どうしましょう。寝室を分けたほうがいいのか」

「難しい問題ですね。ただこうして奥様に懐いている以上、離れ離れにならないほうがいいのかもしれません」

「そう、ですね」

「奥様、もしも駄々を捏《こ》ねた場合は、我々があやしますのでご心配なく」

「ルリさん、ありがとうございます」

熟睡しているように見えるクリスタルをルリさんに任せ、ディートリヒ様へ報告に向かった。

「――というわけで、状態は安定しています」

「そうか」

フェンリル公爵家の庭に突然現れた子ども、クリスタル。さっそく、ディートリヒ様は調査したらしい。

「ひとまず、親戚筋に水晶通信で連絡したが、やはり彼女と同じ年頃の子どもは生まれていないようだ」

それ以外に、王族関係者も調査したが、該当する子どもはいないと。

「王都にある孤児院も当たったが、銀色の髪を持つ子など見たことがないと言われた」

「珍しいですもんね。フェンリル公爵家の銀色の髪は」

「そうだな」

王立騎士団にも、子どもを捜索している親族の情報を提供してもらったようだ。けれど、クリスタルと同じ特徴の子どもを捜している人はいないという。

「調査の範囲を、王都から国内に広げる予定だ。結果が出るまで、しばし預かることとなろう」

「わかりました。その間、私が責任を持って面倒を見ます」

「迷惑をかける」

「いいえ。私よりも、ディートリヒ様のほうが大変な状況ですし」

ディートリヒ様は依然として犬の姿のまま。戻る気配はない。

「ギルバートに調べてもらったのだが、解いた呪いがぶり返すという現象が書かれた本はなかったらしい。私が以前読んだというのは、記憶違いだったようだ」

「そう、でしたか」

呪いがぶり返したというよりかは、同じ呪いを誰かが再びかけたと考えるほうが現実的だという。

「いったい、誰がディートリヒ様を呪ったというのでしょうか？」

ディートリヒ様は心当たりがあったのか、ハッと体を震わせる。

「私は、初夜の晩にこの姿となった。ということは、つまり、メロディアに対して恋心を抱いている者が私を恨み、呪ったのかもしれん！　間違いない！」

「いやいや、ありえないですよ」

「ありえる！　だって、メロディアは愛らしく、優しく、世界一勇敢な女性だ。深く知れば知るほど、好きになってしまうのだろう！」

いったい、何を言っているのか。呆《あき》れて言葉もでない。

「招待客の中に私を呪った犯人がいる可能性があるな」

「招待客は、全員信頼できる人達だと言っていましたよね？」

「そうだが、こういう状況になった以上は、調査も必要となるだろう」

ひとまず、調査はディートリヒ様とギルバート様が担当し、私は屋敷でクリスタルの面倒を見ることとなった。

「初夜は、呪いを解いてからにしよう」

「そうですね」

クリスタルの親が見つかり、ディートリヒ様の呪いが無事解かれますように。

このような状況となれば、祈らずにはいられなかった。

太陽が沈み、月が顔を覗かせる。私の姿は、狼へと転じた。

寝台の上で、クリスタルはすうすう寝息を立てていた。その隣で、私は毛布に包《くる》まっている。

夜中に目覚めて、隣に狼が眠っていたら恐ろしいだろう。しかし、ひとりにさせておくのは不安だ。朝まで目覚めないでくれと願いつつ、私はクリスタルの隣で眠る。

いろいろと考え事をしていたら、眠れなくなった。お酒でも飲んだら眠れるだろうか。

わずかに身じろいだ瞬間、クリスタルの声が聞こえた。

「ママ……どこ？」

暗闇の中で、私を捜している。ここだよと言ったが、「わう、わうわう」という鳴き声しかでなかった。

何を隠そう、狼姿の私はディートリヒ様のようにお喋りできない。ただの犬と化してしまうのだ。

「ママ？」

クリスタルはそう呟き、私が頭から被った毛布を引っ張る。

「わ、わうー！」

毛布を剝がされたら、非常に困る。包まった中で必死に踏ん張った。しかしながら、クリスタルもなかなか強い力で引っ張る。

「ママ、どうして、かくれているの？」

「わ、わううう……！」

狼の姿だからです。なんて、言えるわけがない。

「ふえええ……！」

クリスタルはついに泣き始めてしまった。動揺した瞬間、一気に毛布が引かれる。

「ママ！」

「わう!?」

涙目のクリスタルと、狼の姿の私が出会ってしまった。さらに泣かれるかもしれない。

身構えたが、クリスタルは思いがけない行動に出る。

「ママ、一緒」

そう呟いて抱きつき、あろうことか眠ってしまったのだ。

「わう……!?」

嘘だろう。信じがたい気持ちになる。狼の姿を受け入れるなんて。

クリスタルはすぐに、すうすうと寝息を立て始めた。どうやら、私を抱き枕にした状態で、深く眠り込んでしまったようだ。

クリスタルの寝息を聞いているうちに、私も眠たくなってきた。

今日のところは、深く考えずに眠ろう。そう決意し、瞼を閉じる。

それから一度も目覚めることなく、ぐっすりと寝入ってしまった。

朝――クリスタルは昨日同様、私にべったりであった。

狼化について何か言うかもしれないとドキドキしていたが、それについてはいっさい触れられずにいた。もしかしたら寝ぼけていたので、覚えていないのかもしれない。

私がちぎって与えたパンを、クリスタルは幸せそうに頬張っている。そんな様子を眺めていたら、どうしてこんなにも可愛い子が、公爵家の庭に置き去りにされていたのかと怒りを覚えてしまった。

「ママ、スープ、飲みたい」

「はいはい」

不安を余所《よそ》に、クリスタルは心を開きつつある。一方で、ディートリヒ様については警戒している。まだ、無理に会わせないほうがいいだろう。

クリスタルと共に朝食を食べ、そのあとは絵本の読み聞かせをする。私が読む物語を、真剣な眼《まな》差《ざ》しで聞いているようだった。

何冊か読んだが、その中で気に入ったのは『狼戦士の大冒険!』という物語だった。昨日、ディートリヒ様を怖がっていたので、意外だった。

「クリスタルは、大きなワンちゃんが、怖くないのですか?」

「こわくない、と思う。ママが、ワンちゃんだったから」

どきんと胸が大きく跳ねた。

狼化について覚えていないのかと思っていたが、しっかり覚えていたようだ。平然と受け入れている様子を目の当たりにし、クリスタル、恐ろしい子と思ってしまった。

「白くて大きなワンちゃんも、平気？」

「たぶん」

大丈夫だというので、ディートリヒ様とクリスタルを会わせてみることにした。

歩きたいというクリスタルの手を握り、廊下をゆっくり歩いて行く。

一応、理解できるかどうかわからなかったが、ディートリヒ様はお喋りができるお利口なワンちゃんであると伝えておく。

「クリスタル、ワンちゃんが怖かったら、言ってくださいね」

「わかった」

執務部屋で待っていたディートリヒ様は、緊張の面持ちだった。

首輪を付け、散歩紐をギルバート様が握っている。突然飛び出してくることのない、安全な犬だとアピールしたいのだろう。

兄弟揃《そろ》ってキリッとした表情でいるので、笑いそうになってしまった。

というか、子どもの前なので、表情はキリッじゃないだろう。にこにこ笑顔でいてほしかった。

クリスタルを見たディートリヒ様とギルバート様は、驚いた表情を見せる。前髪を結ったクリスタルを見たのは初めてなので、余計にびっくりしているのだろう。

「あの子ども、幼少期の兄上そっくりですね」

「そう、だな。これは驚いた」

一方で、クリスタルは案外冷静だった。ディートリヒ様を指差し、私を見上げる。

「おおきな、ワンちゃん」

「そうですよ、ワンちゃんです」

「よしよししたら、がぶってする？」

「しないですよ～。ねえ、ギルバート様？」

「はい！　よしよししても、がぶっとしないワンちゃん様です！　どうか、ご安心を！」

ギルバート様……真面目な顔で、ワンちゃん様とか言わないでほしい。噴き出しそうになったが、クリスタルが驚くといけないので歯を食いしばり、お腹に力を込めて我慢した。

一方で、クリスタルは石像のように固まっている。ディートリヒ様のほうへ向かう気配はまったくない。まだ、恐ろしい気持ちがあるのかもしれない。

「あの、クリスタルがまだ怖がっているようなので、ギルバート様がディートリヒ様をよしよししてみてください」

「わ、私が、兄上を、よしよし!?」

「はい。誰かが見本を見せたら、怖くないと思うのです」

食事のとき同様、受け入れてくれるはず。そう思って、ギルバート様にお願いしてみた。

しかし、ギルバートは目を見開いて驚くような反応を返す。

「そ、そんな……！　私が兄上をよしよしするなんて、恐れ多いです！」

いったい何を言っているのか。いいから早くよしよししなさいと言おうとしたら、ディートリヒ様の瞳がカッと見開く。

「いいや、気にするな、ギルバート。私を、よしよしせよ！」

「しかし――」

「気にするな。存分によしよししろと言っているだろうが！」

「私ごときが兄上をよしよしするなんて、あまりにも失礼です！」

「失礼ではない！　実を言えば、私はよしよししてもらうのが大好きなのだ！」

「兄上……！」

「なんだこれ」

おかしなことを言う兄弟を前に、思わず声が出てしまった。

なんというか、ギルバート様が残念過ぎる。

普段はクールで、仕事もできる優秀な人なのに。ディートリヒ様を前にすると、途端にポンコツと化してしまうのだ。

そして、背後に控えていたルリさんを振り返ってしまう。あれが、あなたの好きな男性《ひと》なのかと。

しかしながら、ルリさんも私をそういう目で見ていた。

ギルバート様はたしかにおかしな人だが、同じくらい……いいや、それ以上にディートリヒ様もおかしな人である。そして、私がもっとも愛する男性《ひと》だ。

どうやら、私達は同じ穴の狢《ムジナ》だったようだ。

ギルバート様は頬を赤く染めながら、ディートリヒ様の頭にそっと触れる。そして、二往復くらいのよしよしをしてみせた。

「こ、これで、いいでしょうか？」

皆の視線が、クリスタルに集まった。ディートリヒ様から、顔を背けている。まだ、恐怖を克服できていないようだ。

「ギルバート、もっとだ！　もっと、私をよしよししろ！」

「わ、わかりました」

ギルバートは眉尻を下げつつも、ディートリヒ様をよしよしと撫でる。

「ギルバート、そんな撫で方ではぬるい！　もっと、腰を入れて、わしわし、モフモフと撫でるがよい！」

「は、はい！　こ、こうでしょうか？」

「もっと、もっとだ！」

きれいに整えていたであろうディートリヒ様の毛並みは、ギルバート様の手によってもみくちゃになっていった。

相変わらず、クリスタルはディートリヒ様を見ようとしない。

「お腹だ！　お腹をモフモフするのだ！」

「はい、兄上！」

兄弟の戯れを見守っていたルリさんが、ボソリと指摘する。

「クリスタル様は奥様の行動を見て、さまざまなものを受け入れているので、奥様が旦那様に触れたほうが早いのでは？」

「そ、それだ！」

ルリさんのおかげで、対策を思いついた。その旨をギルバート様とディートリヒ様に説明すると、ふたりは照れているのかもじもじしだした。

「そ、そうだったのだな。ギルバートと私が頑張る必要はまったくなかったと」

「申し訳ありません。お恥ずかしいものをお見せしました」

「いえ、普段からおふたりはそんな感じなので、大丈夫ですよ」

「え？」

「義姉《あね》上、今、なんと？」

「いいえ、なんでもありません」

兄弟仲が良好な件は、大変素晴らしいことである。これからも存分に愛し合ってほしい。

「えーっと、クリスタル、あのワンちゃんを、ママが触ってみますね」

「マッ、ママッ!?!?!?」

ディートリヒ様が今まで聞いたことがないような大声を出す。クリスタルは耳を塞ぎ、迷惑そうな表情を浮かべていた。子どもを怖がらせるような大声は慎んでほしい。

「ディートリヒ様、この件につきましては、説明していましたよね？」

「そ、そうだが、メロディアの口から発せられたママという言葉が、あまりにも衝撃で……！」

「ママくらいで、びっくりしないでください」

「いや、びっくりというよりは……なんだろうか、複雑な感情だ」

ディートリヒ様は耳をぺたんと伏せ、うな垂れていた。クリスタルは私達の子ではない。それなのに、私がママと言ったのでショックを受けているのだろう。

そんなディートリヒ様に接近し、首回りをぎゅっと抱きしめる。そして、優しく撫でてあげた。するると元気になったのか、耳をぴんと立てて、尻尾をぶんぶんと左右に振る。

クリスタルのほうを見ると、しっかりディートリヒ様を見つめていた。

「このワンちゃんは、怖くないんですよ？　触ってみますか？」

「ううん、いい」

私が撫でても、ディートリヒ様が怖くないということは伝わらなかったか。がっくりとうな垂れる。ギルバートの決死のモフモフも、無駄となった。

「ママ。あのワンちゃん、よしよししたくない。だけれど、怖くない、よ」

「ほ、本当ですか？」

「うん」

よしよしさせる作戦は大失敗だったものの、クリスタルはディートリヒ様を怖くないと言った。それだけでも、十分だろう。

今日はこれくらいにして、ディートリヒ様と別れることとなった。

クリスタルと手を繋ぎ、廊下を歩いていく。部屋に戻ると、クリスタルは一目散に揺り椅子のほうへと駆けていった。ゆったり揺れるこの椅子を、たいそう気に入ったようだ。

私に向かって、早く座るようにと急《せ》かす。

揺り椅子に腰かけ、膝の上にクリスタルを座らせた。すると、ぎゅっと抱きついてくる。

会話もなくゆらゆらと揺れていたが、突然クリスタルが上目遣いで質問を投げかけてきた。

「ママは、あのワンちゃん、すき、なの？」

「ええ、大好きですよ」

「クリスタルよりも？」

思いがけない返しに、ギョッとする。年頃は四歳前後なのに、大人びた質問であった。

「ど、どうして、そんなことを聞くのかな？」

「ワンちゃんをぎゅーってしたとき、だいすきがたくさんあったから」

「そ、そっか」

果たして、どう説明したらいいものか。

慈善活動を通して子どもの扱いは慣れたと思っていたが、いざクリスタルと接してみるとまだまだだと思う。

言葉に詰まってしまい、ルリさんに助けを求めてしまった。

ルリさんは傍にやってきて、片膝をつく。そして、優しい声でクリスタルに話しかけた。

「クリスタル様は、大好きなものがありますか？」

「ママ！」

「他には？」

「ふかふかのパン！　それから、ママが飲ませてくれるスープ！」

「大好きなものは、たくさんありますよね」

「うん、ある」

「それと同じで、奥様にも、大好きなものが、たくさんあるのですよ」

「そうなんだ」

ルリさんの言葉で納得してくれたようで、ホッと胸をなで下ろす。パンとスープと同列の大好きだが、それでいい。

私も、ディートリヒ様が大好きだが、クリスタルと同じようにふかふかのパンとスープだって大好きだから。

その後、クリスタルは眠ってしまった。よく眠る子だ。

寝室に寝かせ、彼女のことはしばらく使用人に任せる。

部屋に戻ったら、ルリさんが紅茶とお菓子を用意してくれていた。

本日のお菓子は、ハニーメレンゲパイだった。蜂蜜の優しい甘さと、レモンの風味が利いていてとってもおいしい。

ひと息ついたところで、ルリさんに感謝の気持ちを伝えた。

「ルリさん、ありがとうございます。先ほどは、大変助かりました」

「お役に立てたのならば、何よりです」

「子どもの扱い、慣れているご様子でしたが？」

「一時期、乳母の仕事をしておりました」

「そうだったのですね」

貴族の屋敷では、母乳を与える者と子どものお世話をする人を別々に雇い、総じて乳母と呼んでいる。庶民の家では、乳母イコール母乳を与える人という認識なので、最初に聞いたときには驚いたものだ。

「乳母を務めていると、子どものとんちんかんな質問にも慣れてしまうのですよ」

乳母経験は、出産前に必要なのではと思ってしまう。

「私は自分で子育てをしたいので、投げかけられた質問にもばんばん答えられるようになりたいです」

「その必要はないかと」

「どうしてですか？」

「子育てというのは、親の成長の場でもあるんです。それに、いくら勉強していても、子どもは予想外の行動を取ることが多いですし」

子どもと一緒に成長していけばいい。ルリさんはそんな言葉をかけてくれる。

「世界のどこを探しても、完璧な親はいないのですよ」

「ル、ルリさん……！」

心の中にあった不安が、じわじわ薄くなって消えていった。さすが、ルリさんである。

「奥様、どうか、お一人で抱え込まないでくださいね」

「ありがとうございます」

自分ひとりでどうにかしなくてはと思っていたが、そうではなかった。優しく手を差し伸べてくれる人が、すぐ傍にいる。これほど、心強いことはないだろう。

別に、親だけが何もかも抱え込んで頑張る必要なんてまったくないのだ。

「それにしても、クリスタルの質問は、年齢のわりに大人びていると思いませんか?」

「そうですね。愛の違いに気づくところなんかは、子どもとは思えないなと」

いったいどういう環境で育ったら、あのような質問を投げかける子に育つのか。さらに謎が深まってしまう。

「ギルバート様は、探偵を手配するともおっしゃっていました」

「なるほど、探偵ですか。それも、いいかもしれないですね」

フェンリル騎士隊は魔法が絡んだ事件の解決を得意とする。今回のクリスタルの問題は、彼女が魔法を使えるというくらいだ。

一応、フェンリル騎士隊も動くが、同時進行で探偵に調査を依頼するのも手だろう。

「さすが、ギルバート様ですね」

「クリスタル様の人相描きをしたいと言っていたのですが、今、お時間をいただいてもよろしいでしょうか?」

「はい。眠っている今が、いいのかもしれないですね」

「では、呼んできます」

ギルバート様は人相描きまでできるらしい。本当に、なんでもこなす優秀な人だ。

五分後、ギルバート様がやってくる。寝室にいるクリスタルを、真剣な眼差しで見つめ、さっさっと画家顔負けの速さでペンを走らせていた。

ペンの動きが止まる。描き終わったのか。ギルバート様のほうを見たら、コクリと頷《うなず》いていた。

クリスタルを起こしてはいけないので、隣の部屋に移動する。

「ギルバート様、クリスタルは眠っていましたが、人相描きは上手《うま》く描けましたか?」

「はい」

自信ありげに言い、完成した人相描きを見せてくれた。その瞬間、私は遠い目をしてしまう。

なぜかといえば、ギルバート様の絵が人相描きとは思えない完成度だったから。

円を描き、そこから三本の毛が生え、糸のような目と口があるばかりであった。まるで、小さい子どもが描いたらくがきのようである。

どうやら、ギルバート様はあまり絵が得意ではないらしい。

「義姉上、どうかなさいましたか?」

「いや、あの……」

助けてくれと、ルリさんを見つめる。彼女はコクリと頷き、ギルバート様に物申した。

「ギルバート様、その絵では、クリスタル様の親を見つけるのは困難でしょう」

「なぜですか?」

「独創的過ぎるからです」

ルリさんの言葉を聞いても、ギルバート様はいまいちピンときていない様子だった。

「はっきり言えば、ドヘタク――」

「わー、ちょっと待ってルリさん！　やっぱり寝ている様子だとわかりにくいので、起きているクリスタルを描きましょうか」

眠っている様子だったから、わかりにくかった。そう主張すると、ギルバート様は「そうかもしれないですね」と呟き、納得してくれたようだった。

ルリさんが言葉のナイフをかざしかけていたが、なんとか本人には届かなくてホッとする。

「そ、そういえば、絵が得意なメイドがいるって、この前ルリさんが言っていましたよね？」

「台所メイドのメリーですか？」

「そうです！　彼女に頼みましょう。ギルバート様はお忙しいでしょうから」

「いえ、絵を描くくらいの時間はありますが」

「いやっ、しかし――」

ここですかさず、ルリさんが助けに入ってくれた。

「ギルバート様、クリスタル様は男性を怖がる傾向にあるようです。人相描きはメイドに任せましょう」

「そうだったのですね。だったら、絵が得意なメイドに描かせてください」

ギルバート様はこれから家に招いた探偵と話をするという。

「い、いってらっしゃい」

ギルバートはきれいなお辞儀を見せたあと、部屋から出て行った。嵐は去ったので、ホッと胸をなで下ろす。

それにしても、ルリさんの言葉の鋭さはとんでもなかった。

「あの、ルリさん。普段からも、ギルバート様にズバズバとおっしゃっているのですか？」

「時と場合により、ですが」

「まあ、なんと言いますか、ほどほどに」

ギルバート様のことを心から尊敬しつつも、何もかも肯定するわけではない。そんなルリさんを、改めて素敵な女性だなとしみじみ思ってしまった。


それからというもの、探偵を使って調査したり、孤児院を回って逃げ出した子どもがいないか聞いたりしたが、クリスタルを捜している家族は見つからない。

その一方で、クリスタルはのびのびと過ごしていた。ルリさんやメイドにも心を許し、楽しそうに遊んでいる。しかしながら、ディートリヒ様には心を開いていない。子ども受けには自信があったようだが、残念な結果となっている。

クリスタルは懐かないが、ディートリヒ様自身は子どもが大好き。

このまま家族が見つからないのであれば、養子にしようか。そんな話も出てくる。

ただ、クリスタルにとって何が最善なのか。それも、探っていきたい。

まずは、彼女の親と対面し、なぜフェンリル公爵家の庭に放置したのかと問いただささなければならないだろう。

ギルバート様は遠い親戚筋も調べてくれたが――クリスタルの親は見つからない。
お手上げとなったので、次の段階に移るという。
それは、魔法を用いた調査である。フェンリル騎士隊が、ついに動くようだ。

第二章　突然の女装

狼化したある日の夜――寝台に横たわったクリスタルが枕の下から一冊の絵本を取り出した。

「ママ、絵本を読んで」

「わ、わう!?」

クリスタルは笑顔で、絵本を差し出してきた。彼女が大好きだという、『狼戦士の大冒険！』だ。

今、私は狼の姿である。ディートリヒ様のように、お喋《しゃべ》りはできない。

それでも、クリスタルは絵本の読み聞かせをしてほしいようだ。

戸惑っていたら、クリスタルは絵本を広げて隣に横たわる。

本気か、本気なのか。本気なのだな。

どうにでもなれと思い、絵本の読み聞かせを決意する。

世界初ではないだろうか、ガチ狼の読み聞かせは。心して、聞いてほしい。

息をスー――ッと吸い込み、ゆっくり吐きだす。ゴホン！　と咳払《せきばら》いし、きれいな声が出るようにした。

そして、何度読んだかわからない、『狼戦士の大冒険！』を読み始める。

『わうー、わうわう、わう、わうわうわう』

むかしむかし、あるところに、一匹の狼がいました。そんな一文であったが、見事にわうわうし

か発していない。

ちらりとクリスタルのほうを見ると、ニコニコ笑顔で私を見上げていた。わうわうとしか聞こえない読み聞かせを、受け入れているというのか。

「ママ、はやく、つづき、読んで」

「わ、わううう……」

急《せ》かされてしまった。本当に、この読み聞かせでいいものか。戸惑いながらも、続きを読む。

「わうわう、わう、わうわうわううう」

ページの端に肉球を押し当て、次のページへとめくる。相変わらず、クリスタルはキラキラした瞳で、絵本を眺めていた。絵を見ているだけでも、楽しいのかもしれない。

物語は、クライマックスを迎える。狼戦士が敵である魔王を倒し、伝説の剣を手に入れるのだ。

次は、歓喜の雄叫《おたけ》びを上げるシーンだ。

「わう――――!!」

私の朗読も、ついつい力が籠もってしまう。クリスタルはきゃっきゃと喜んでくれた。

「わうわう、わうわう」

めでたし、めでたしと言うと、クリスタルは「おもしろかったー」と言ってくれた。

ホッと胸をなで下ろすのと同時に、わずかな違和感を覚える。

クリスタルは、私が狼の言葉でめでたし、めでたしと言ったあと、すぐに面白かったと口にした。

なんだか、私の言葉がわかっているみたいだ。

もしやと思い、問いかけてみる。私の言葉が、わかるのかと。

「わう、わうわう？」

「うん、わかるよ」

「わ、わうー!?」

衝撃が走る。なんと、クリスタルは私の狼の言葉を解するというのだ。

「わうう、わう？」

どうしてわかるのか、問いかけてみた。

「ママの、子どもだから？」

「わ、わううう」

同じ祖先を持つディートリヒ様でさえ、狼の私の言葉はわからないというのに。なぜ、クリスタルは理解できるのか。本当に、不思議な子だ。

わからない。わからないことだらけだ。

こういうときは、寝るに限る。爪先に毛布を引っかけ、クリスタルにかけてあげた。

そして、おやすみなさい、クリスタルと声をかける。

「わうわう、わうわうわう」

「おやすみなさい、ママ」

やはり、クリスタルは狼の私の言葉を正しく解しているようだった。

翌日――クリスタルをルリさんに任せ、ディートリヒ様に報告にいった。

「な、なんだと!? メロディアの狼語を、クリスタルは解しているだと!?」

ディートリヒ様は目をカッと見開きながら、「天才だ!」と叫んだ。

「やはり、クリスタルは我々夫婦の養子として、引き取るべきだ」

「養子として迎え入れるのはいいと思うのですが、その前にクリスタルの親を見つけませんと」

「そ、そうだな」

王立騎士団にも届け出を出しているものの、二週間経《た》っても親が名乗り出てきたという報告はない。焦ってはいけないとわかっているものの、どうしても気持ちばかり先走ってしまう。

「しかし、クリスタルはどうして、狼の言葉を解するのか」

「ギルバートが昨日、調べてきたのだが――」

そっと、一枚の報告書が差し出される。それには、『嬰児交換《チェンジリング》について』と書かれていた。

「嬰児交換、ですか」

「ああ」

嬰児交換というのは、妖精や精霊が人間の子どもを攫《さら》い、自分の子を代わりに置いていくという伝承である。

攫われた子どもは妖精界や精霊界で永遠の命を得て、幸せに暮らすと言われていた。

一方で、妖精や精霊の子は人間界に適応できず、夭折《ようせつ》してしまうという。

「なるほど。たしかに、クリスタルはその辺の子どもとは違う雰囲気ですし、不思議な力を使える理由も、妖精や精霊の子だとすれば納得できます」

「嬰児交換であれば、クリスタルを捜す親がいないのも頷《うなず》ける」

もしかしたら、交換するために連れてきた子どもを、うっかりフェンリル公爵家の庭に置き去りにしてしまったのかもしれない。

この世界に妖精や精霊が存在する以上、否定もできなかった。

「ギルバートは、振り子魔法《ペンデュラム》をクリスタルに試してみたいという」

「彼女の深層心理に、問いかけるのですね」

「ああ、そうだ」

これまでも、それとなくクリスタルに質問していた。

どこからきたのか。これまでどう暮らしていたのか。私の他に大事な人はいるのか。

しかしながらどれも、「わからない」と返されてしまう。機嫌が悪ければ泣きだしてしまうので、積極的に聞けずにいたのだ。

「できたらクリスタルの口から情報を引き出したいところでしたが、このまま調査を長引かせるわけにもいきませんし」

国内の魔法が関わる事件を担当するフェンリル騎士隊には、週に一度くらいの頻度で依頼が届く。それ以外にも、遺跡から発掘された魔法を解析したり、魔法書を現代訳にしたり、魔法に関する相談に乗ったりと、仕事は山のようにあるのだ。

「振り子魔法を試すのであれば、今日がいいかもしれません。クリスタルの機嫌がいいので」

朝から『狼戦士の大冒険！』の新作が届いたのだ。すでに、十回以上は読んだ気がする。今も、きっとルリさんが読み聞かせていることだろう。

「わかった。昼過ぎにはギルバートが戻ってくるから、声をかけておこう」

「よろしくお願いします」

ディートリヒ様は書類にインクを付けた肉球をぺたりと押した。そのあと、「ふー」と長いため息をつく。

「ディートリヒ様、ため息なんかついて、どうかされたのですか？」

「いや、クリスタルがいつまで経っても私に馴《な》れないから、どうしたものかと思って」

「大丈夫ですよ。男性に対しては、だいたい警戒していますので」

「ぜんぜん大丈夫ではないではないか！」

なんでも、ディートリヒ様は私とクリスタルと三人で眠るのを夢見ているらしい。

「メロディアと同じ愛らしいワンちゃんなのに、どうして私だけ恐れるのか」

「なんといいますか、ディートリヒ様の全身から滲《にじ》み出る、私可愛《かわい》いでしょうオーラが苦手なのかもしれません」

「な、なんだと!?」

私の狼の言葉がわかるくらいだ。ディートリヒ様の絶対的自信も読み取って、近寄りがたい存在だと思っている可能性がある。

「メロディアは、その、自らを愛らしいと思っている犬は、苦手なのか？」

「いいえ、大好きですよ」

「よかった!!」

私はディートリヒ様の愛と自信に救われた者のひとりだ。だから、ディートリヒ様にはずっと変わらないでいてほしい。

「しかし、クリスタルが私に馴れないと、このままずっと独りぼっちで眠ることになるな」

「ギルバート様と一緒に眠ってはいかがですか?」

「ギルバートと、私が、一緒に眠るだと!?」

貴族の子どもは、幼少期よりひとりで眠るらしい。しかし、私と一緒に眠ってからというもの、独りで眠ることがイヤになっているのだという。

親子で眠る話も、私が以前両親と一緒に眠る話をしたので、望んでいるのかもしれない。私のせいで、すっかり庶民の思考に染まっている気がする。

私はクリスタルと眠るので、ディートリヒ様と一緒には眠れない。

こうなったら、ディートリヒ様の寝かしつけができるのはギルバート様しかいないだろう。

「成人の兄弟が、一緒に眠るのは、おかしなことではないのか?」

「犬の姿であるならば、ぜんぜんアリだと思います」

「そ、そうか。では、ギルバートが帰宅したら、提案してみよう」

ギルバート様が一緒に寝てくれたら、ディートリヒ様の夜間が寂しい問題も解決するだろう。

立派な大人なので、独りで眠ってほしいところだが、この辺は精神が犬の体に引っ張られているのかもしれない。犬は、種類によってはとことん群れたい生き物なので。気持ちは、大いにわかる。

私も狼の姿のとき、ディートリヒ様とギルバート様、ルリさんが一緒にいると「よし、みんな群れているな！」と安心するのだ。

家族は群れるべきだ！ というのが、犬的な考えなのだろう。

「では、ディートリヒ様。また何かありましたら、報告にきますね」

「う、うむ」

執務部屋から去ろうとしたが、ディートリヒ様に呼びとめられる。

「メロディア、その、ちょっといいか？」

「なんでしょうか？」

「少しだけ、私を、モフモフしてほしいのだ」

いつものふざけた様子ではなく、ディートリヒ様は真剣な様子で頼んできた。

このところ、クリスタルにかかりっきりでディートリヒ様についてはほぼほぼ放置だった。きっと、寂しかったのだろう。

「わかりました」

ディートリヒ様の首をぎゅっと抱きしめ、頭をよしよしと撫《な》でる。手が埋もれてしまいそうなほど長い毛並みの手触りは、最高だった。

「むふ、むふふふ……！」

「ディートリヒ様、変な声を発しないでください」

「いや、嬉《うれ》しくて、つい」

そういえば、結婚したのに新婚らしいことをしていなかったような気がする。

一日一回は時間を作って、こうしてモフモフしたほうがいいのかもしれない。

いや、新婚夫婦の交流がモフモフなのはおかしいのかもしれないけれど。まあ、ディートリヒ様が今は犬だし、仕方がないのかもしれない。

「ディートリヒ様の呪いも、早く解けたらいいですね」

「まあ、そうだが、別に、このままでもよい」

ディートリヒ様は以前、私がいればそれでいいと言っていた。十数日犬の姿でいて尚《なお》、その思いは揺るがないらしい。

「こうして、メロディアから思いっきり抱きついてもらえるしな。人間の姿のときは、多少、遠慮しているだろう？」

「遠慮なんて――」

していないと思ったが、果たしてそうだったたか。人間の姿をしたディートリヒ様との記憶を掘り起こしてみる。

迫られた瞬間、仰《の》け反《ぞ》ったり、白目を剝《む》いていたりする瞬間があったような、なかったような。

「そうですね。たしかに、若干、遠慮していたかもしれません」

「だろう？」

人間姿のディートリヒ様は、完全無欠の美貌の持ち主である。目の前にすると、いささか尻込みしている気持ちもあるかもしれない。

喩《たと》えるならば、太陽が目前に迫ってくるようなものだろう。誰だって眩《まぶ》しくて目を閉じるし、近づいたら逃げ出したくなる。

「私にとって、初対面のディートリヒ様は犬の姿なので、こちらのほうが、その、しっくりくるというか、なんというか……」

結婚し、長い時を過ごしたら慣れるだろう。そういうふうに思っていた。

美人は三日で慣れるとか、飽きるとか、そういう言葉があるものの、ディートリヒ様の麗しいお姿は、何度前にしても「うっ、眩しい！」と思ってしまうのだ。

「私はいつでも、メロディアの幸せを考えている。メロディアが人間の私を怖がるくらいならば、このまま愛犬として可愛がられるほうがいい」

「愛犬って……」

自ら愛犬を自称する犬など、世界中探してもディートリヒ様くらいだろう。

本人はいたって真面目に話しているのに、なんだか脱力してしまう。

「あの、ディートリヒ様。私の幸せばかり考えていないで、自分の幸せも考えてください」

「メロディアの幸せは私の幸せなんだ」

「同じように、ディートリヒ様の幸せは、私の幸せでもあるんですよ」

「メ、メロディア――――!!」

ディートリヒ様は感極まったようで、ふかふかの体を押しつけてくる。体重を支えきれずに、絨《じゅう》毯《たん》の上に転がってしまった。

「きゃあっ！」

「す、すまない、メロディア！」

ディートリヒ様は私の背中に鼻先を差し込み、起き上がらせようとした。しかし、力加減を誤ったようで、ゴロリと転がしてしまう。

「うわ――――!!　メロディア、すまない!!　コロコロ転がすつもりはなかった!!」

見事に転がってしまったので、もはや笑うしかない。

「ふふ、あはは！」

「メロディア、どうかしたのか？　まさか、頭でも打って――！」

「いいえ、すみません。大丈夫です」

起き上がり、なんともないと主張する。ディートリヒ様は明らかにホッとした様子を見せていた。

「ディートリヒ様ってこんなに力持ちなのに、普段は力加減していたんですね」

「当たり前だ。メロディアを傷つけないよう、細心の注意を払っている……つもりだった！　本当に、すまない」

「気にしないでください。これでも頑丈ですので」

ディートリヒ様に押し負けないよう、私も鍛えないといけないのかもしれない。

彼はずっと私の幸せを考え、あれこれと行動していたのだろう。自分の幸せを、後回しにしても優先してくれたのだ。

人というのは、なかなか難儀な生き物である。夫婦であっても、幸せの形はそれぞれ異なる。

自分の幸せが、他人の幸せであるとは限らないのだ。

「ディートリヒ様の幸せとは、なんですか？」

「メロディアが幸せに思うことすべてだ」

「では、私という要素を引き抜いた場合の幸せは？」

「ない。私は、メロディアがすべてだから」

思っていた以上に、ディートリヒ様の私への想《おも》いは重たかった。

「え、本当に、私以外ではないのですか？」

「ない！」

「ならば、私が幸せに思うこと以外で、ディートリヒ様の感じる幸せとはどんなものですか？」

「それは、メロディアと共に在るということだ」

「な、なるほど」

ディートリヒ様はまったくブレない御方《おかた》だ。これほど考えがガチガチに固まっていたら、逆に人生が楽しく、生きやすいのかもしれない。

「私がこうして傍《そば》にいたら、ディートリヒ様は幸せなのですね」

「そうだ！」

もう一度、ディートリヒ様の頭をわしゃわしゃと撫でる。ディートリヒ様は姿勢を低くし、ごろんと転がってお腹《なか》を見せた。パンを捏《こ》ねるように、力いっぱいお腹を撫でてあげる。

ディートリヒ様は「私は世界一の幸せ者だ！」と叫んでいた。

「よしっと。では、ギルバート様が帰ってきたら、振り子魔法のことについて話してくださいね」

「ああ、わかった」

ディートリヒ様と別れてから三時間後、ギルバート様が調査から戻ってくる。報告したい内容があるとのことで、私とルリさんも呼び出された。

ルリさんもフェンリル騎士隊の一員なので、私の隣に座ってもらった。

「嬰児交換について、調査してきました。残念ながら、実際に妖精や精霊の子と入れ替わったという話はなかったようです」

「おとぎ話の中での出来事だったというわけか」

「はい。ただ、長い歴史の中で、超人的な能力を持つ者の存在について、彼らは嬰児交換によって人間側に遣わされた存在なのではないか、と疑う研究もあったようです」

たとえば、魔王を倒し世界を救った勇者や、多くの人々を救った聖女、荒廃していた国を立て直した王など。

「言われてみれば、歴史に残るような者達《たち》は、人外じみた美しさや、魔力、筋肉などを持っていたと聞くな」

「ええ。嬰児交換によって人間界にやってきた妖精や精霊は、人間への擬態が上手《うま》いのかもしれません」

親は嬰児交換されていたのだと気づかず、自分の子として育てた。そうであれば、嬰児交換によって人間として生きた妖精や精霊が歴史に残っているわけがなかった。

「その情報と照らし合わせたら、クリスタルが精霊か妖精である可能性が高いですよね」

「ええ」

これから、振り子魔法でクリスタルの深層に問いかけるという。

ギルバート様はすっと立ち上がり、眼鏡のブリッジを素早く押し上げる。そして、我が耳を疑うような発言をした。

「その前に、女装したいと思います」

「じょ……え、今、なんと?」

ギルバート様の口から出るはずもない言葉だったので、思わず聞き返してしまった。

「女装です。クリスタルさんは、男を怖がっていると聞きました。だから、女装するしかないなと思ったのです」

斜め上の思考に、絶句してしまう。返す言葉を探していたら、ディートリヒ様もスッと立ち上がって叫んだ。

「名案だ、ギルバート!! さすが、私の弟である」

ディートリヒ様に褒められたギルバート様は、頬を染めてもじもじし始める。

思わず、隣にいたルリさんを見てしまった。

さすがである。眉の一本すら動かさず、極めて冷静な様子でいた。

婚約者が女装すると宣言しても、動揺なんて見せない。カッコイイと心底思った。

「そうだ、女装だ! 私もリボンを結んで女装をしていたら、怖がられないのかもしれない」

「いや、ディートリヒ様の場合は、女装とかリボンとか、そういう問題ではないと思うのですが」

「試してみる価値は、おおいにあるぞ」

「そ、そうですか」

そんなわけで、ディートリヒ様とギルバート様は女装するために部屋から出て行った。

「とんちんかんな兄弟だな……」

思わず口から出てしまい、慌てて塞ぐ。しかし、隣に腰かけていたルリさんは深々と頷いていた。

「あの、ルリさん。今から、ギルバート様が女装してくるようですが、大丈夫ですか?」

犬の姿であるディートリヒ様は、まあ、普通に可愛いだろう。しかしながら、ギルバート様の女装は予想できない。一応、顔立ちは整っているが、ディートリヒ様のような中性的な美貌ではない。どちらかといえば、精悍《せいかん》さが際立っている。

ルリさんは遠い目をしながら、言葉を返した。

「どんな姿であっても、ありのままのギルバート様を受け入れるつもりです」

「お、おお……!」

これが、愛なのか。それとも、諦めの境地なのか……。

三十分後、ディートリヒ様とギルバート様が戻ってきた。

「メロディア、女装してきたぞ!!」

ディートリヒ様は薄紅色のリボンを首に結んでいた。首を傾《かし》げ、キラキラとした瞳で可愛いかと聞いてくる。

「はいはい、可愛いですよ」

「そうだろう、そうだろう」

続いて、ギルバート様がやってきた。

「うっ、こ、これは――!!」

メイドキャップにエプロンドレス姿のギルバート様であった。なぜかカツラは被《かぶ》らず、いつもの短髪である。顔が真っ白になるほど化粧をして、頬には薄紅色の頬紅《ほおべに》がはたかれ、唇には真っ赤な紅がくっきりと塗られていた。

服はよく入ったなと思うほど、ピチピチである。少し動いただけで、はじけ飛んでしまいそうだった。見事な上腕二頭筋も、隠しきれずに盛り上がっていた。

なんていうか、ギルバート様は着痩せするタイプだったのだろう。こうして体の線を見てみれば、ずいぶんと筋肉質だ。

くるぶし丈のエプロンドレスも、背が高いギルバート様が着たら膝丈となる。

露出したすねは、しなやかな筋肉が確認できる。加えて、ムダ毛がいっさいない。大変美しい膝下であった。

ギルバート様はぎこちない様子でのし、のしと歩いてくるので、私はいっそう腹筋に力を入れた。

私達に向かって、にっこりと微笑《ほほえ》んだのだろうか。顔が、完全に引きつっていた。

もう、限界である。我慢できずに、私はすかさず叫んだ。

「いや、独創的すぎる女装ッ!!」

思わず、渾身《こんしん》の突っ込みを入れてしまった。

部屋の空気は重くなり、シーンと静まりかえってしまう。

ディートリヒ様は動きを止め、ギルバート様はパチパチと目を瞬かせていた。

ぷっ、と噴き出すような笑い声が聞こえた。口元を押さえていたのは、ルリさんである。

「ル……ルリさん？」

「なんですか、その、残念な女装は！」

ルリさんはそう言って、涙を流すほど笑い始めた。

彼女がこうして高らかに笑う様子は、初めてである。皆、呆然《ぼうぜん》と見つめていた。

よほど、笑いのツボにはまったのだろう。お腹を抱え、苦しそうに笑っていた。

「ギッ……ギルバート様、失礼ながら、普通にしているときよりも、こ、怖がると思います」

ルリさんの言葉に、私は無言でこくこくこくと頷く。

「ギルバートの女装はそんなに酷《ひど》いか？　私は、可愛いと思ったのだが」

それはない。そう思って、すかさず突っ込んだ。

「ディートリヒ様、面白いことを言うのは止《や》めてください」

「本気だが？」

あれが可愛いという美意識であれば、同じようにディートリヒ様が可愛いという私はどう見えているのか。その辺は、深く考えないほうがいいのかもしれない。

この場を、どう収拾つけるというのか。ルリさんを、横目で見る。すると、気持ちが伝わったのか、ある提案をしてくれた。

「ギルバート様、一度、このルリめに身支度を手伝わせていただけないでしょうか？」

「え、ええ。この姿がおかしいのであれば、整えていただきたいなと」

「では、こちらに」

ルリさんの誘導で、ギルバート様は部屋から出て行く。

私は腹筋の力を緩め、ふ――――と長いため息をついた。

「メロディア、そんなにギルバートの女装はダメだったか？」

「百点満点中、マイナス百点くらいでした」

「ダメダメだな」

ギルバート様は自分でお仕着せをまとい、化粧をしていたようだ。どちらも、人生初めての作業だったらしい。

「姿を偽るのは、難しいのだな」

「ですね」

人間のディートリヒ様が本気で女装をしたら、豪奢《ごうしゃ》な美女になりそうだ。それに関しては、一度見てみたい。

「ギルバートは、大丈夫だろうか？」

「ルリさんに任せておけば、大丈夫ですよ」

「それもそうだな」

待つこと三十分――ギルバート様は再び部屋に現れた。

今度は、深緑のドレスにエプロンをまとった姿でやってくる。

髪は長い黒のカツラを被っており、品良くまとめていた。化粧も上品にまとめられ、クールな眼鏡美女といった感じに仕上がっていた。

「うわ……！　ギルバート様、普通に美人です」

「そ、そうですか？」

着ているドレスは、使用人達のパーティーで使った、隠し芸用の一着だったらしい。男性用なので、ギルバート様でも難なく着こなせたと。

「ギルバート、ものすごく、きれいだ」

「兄上、ありがとうございます」

前のほうが可愛かったと言うのではと思っていたが、そんなことはなかった。ホッと胸をなで下ろす。

さすが、ルリさんだ。ギルバート様をここまで美人に仕上げるなんて。

ルリさんは疲れた表情で、ギルバート様の背後に佇《たたず》んでいた。あとで、労《ねぎら》いのお菓子をあげようと思う。

「女装したギルバートの名前は、そうだな。う～む……ギルバーリンにしようか！」

いや、名前、ぜんぜん可愛くない!!　なんだか、めちゃくちゃ強そうな響きだ。

そう思ったが、ギルバートは嬉しそうに「では、この姿のときはギルバーリンと名乗ります」と

言っていた。受け入れるしかないようだ。

「我が弟ながら、完璧な女装だ。私の出る幕はないな」

どうやら、ギルバート様に任せるらしい。

さっそく、クリスタルのもとへと向かう。

「では、ディートリヒ様は、ここで待機していてくださいね」

「わかった」

「兄上、よい知らせだけを、持って参ります」

「頼むぞ、ギルバーリン！」

「最善を尽くします！」

ギルバート様は美しい見た目だが、大股で進んでいく。後ろから見たら、完全に男である。

「あの、ギルバート様」

「義姉上《あね》、この姿はメイドという設定です。どうか、ギルバーリンと呼び捨てにしてください」

「えーっと、では、ギルバーリン。クリスタルの前に行くときは、ひとまず私の背後に続く感じでついてきてください。初対面の人間には、警戒を示すので」

「承知しました」

クリスタルは人見知りをする。だが、ある程度私が信用を置いている者には、時間がかかるものの心を開いてくれるのだ。

男性が怖いのかな、と思っていたが、こちらも馴れるとそこまで拒絶しない。

ただ、フェンリル公爵家の兄弟には、どうしてか心を閉ざしている。理由は不明だ。

このギルバーリンのことも、怖がる可能性は多いにあった。

すぐに催眠状態に持っていくというので、数日かけて馴れさせる必要はないだろう。

というか、ギルバーリンが使用人として私の傍に侍《はべ》っていたら、腹筋が死んでしまう。早急に、彼女（?）との協力関係は終わらせたい。

扉を開くと、クリスタルは立ち上がり、パーッと表情を明るくさせる。

「ママ、おかえりなさい！」

駆けてきて、ぎゅうっと抱きついてきた。

「お話、おわった？」

「ええ、終わりましたよ」

「ずっと、クリスタルと一緒？」

「はい、一緒です」

クリスタルを抱き上げ、長椅子に座らせる。

ギルバーリンを警戒している様子はない。気配を消し、ルリさんの背後に佇んでいるようだ。振り返ったら絶対に笑うので、現状を維持する。

侍女が焼きたてのクッキーと紅茶を持ってきてくれた。

「わーい！　クッキーだ！」

喜ぶクリスタルの前に、先端に水晶のついた振り子が落とされる。左右に揺らされているうちに、クリスタルの目は虚《うつ》ろなものとなった。催眠にかかったようである。

ギルバーリンが、背後からクリスタルに問いかけた。

「あなたの名前は?」

「……クリスタル」

名前がないというのは、本当だったようだ。いったいなぜ? という疑問が口から出そうになったものの、慌てて塞ぐ。ギルバーリンの振り子魔法を邪魔してはいけない。

「では、クリスタルさん。あなたは、どこからやってきたのですか?」

「……とおい、とおい場所」

これまた、ふわっとした情報だった。遠く離れた場所から、誘拐されたのだろうか?

「クリスタルさん、あなたは誰かと一緒に、遠い場所からやってきたのですか?」

回答はなく、黙り込む。

クリスタルみたいな小さな子どもが、遠い場所から王都までやって来られるはずがない。謎ばかりが増えていく。

「クリスタルさん、あなたはどうして、公爵家の噴水の前にいたのですか?」

「……わからない」

深層意識で答えるクリスタルの喋りは、普段よりも少しだけ大人びているように聞こえる。気のせいかもしれないけれど。

「質問を変えましょう。クリスタルさん、あなたの両親について、教えてください」

「……ママと、それから……犬」

ママというのは、本当のママなのか。それとも、私のことなのか。それよりも気になるのは、犬である。もしかして、ディートリヒ様のことを言っているのか。

「クリスタルさん、ママと犬の名前を教えてください」

「ママは、メロディア。犬は、ディートリヒ」

「そう、ですか」

やはり、犬とはディートリヒ様のことだったのだ。一応、父親として認めてはいると。

「あなたはなぜ、犬を避けているのですか？」

これも、無回答だ。ギルバーリンは質問を変える。

「クリスタルさん、なぜ、犬を怖がっているのですか？」

「……わからない」

初対面のときに、ディートリヒ様が迫っていったので、その点から強い恐れを抱いているのだろうか。以前は怖くないと言っていたが、心の奥底では、恐怖を抱いていたのかもしれない。

「クリスタルさん、最後の質問になります。あなたの、目的は？」

「……あいされる、こと」

ギルバーリンは振り子を止め、手をパン！　と叩《たた》く。クリスタルはハッと我に返ったようだった。

「あ——！　んん？」

不思議そうに首を傾げるクリスタルを、ぎゅっと抱きしめる。

「ママ、どうしたの？」

「急に、クリスタルをぎゅっとしたくなったのですよ」

「そっか」

クリスタルに関する情報は、深層意識に問いかけてもよくわからなかった。

唯一わかったのは、クリスタルは愛されるために、ここへやってきたということ。

時間が許す限り、私はクリスタルに愛情を注ごうと心に決めた。

第三章　クリスタルとモフ返りの謎を追って

クリスタルがフェンリル公爵家にやってきてから、早くも一ヶ月経《た》った。

親を名乗る者からの連絡もなければ、子どもが誘拐されたという情報も入ってこない。

探偵にここ四年で銀色の髪の子が生まれたかの情報の調査を依頼したようだが、発見には至らなかったと。

銀色の髪というのは、かなり珍しいようだ。

現在、社交界で銀の髪を持っているのは、ディートリヒ様とギルバート様だけである。

分家にも、いないらしい。

なんでも、銀の髪は昔から本家筋の人間にしか出ない特別な髪色だという。

そうであるのならば、余計にクリスタルが銀の髪を持っているのが謎である。

わからないことだらけなので、嬰児交換《チェンジリング》だろうとディートリヒ様は決めつけていた。

「クリスタルは一生私に懐かないだろうが、遠目でメロディアがクリスタルと共にいるのを眺めるのは至福である！　私は、これで満足だ！」

そう言っているものの、いつかディートリヒ様にも子どもを胸に抱いてほしいと願っていた。

まあ、犬の姿では抱きしめることは難しいだろうが。

フェンリル公爵家が抱える問題は、他にもある。ディートリヒ様の犬化だ。

最近はクリスタルのことばかりになっていたが、この問題とも真剣に向き合わないといけない。

そんな中で、私とディートリヒ様は久しぶりに外出する。行き先は、王宮だ。

国王陛下に、今回の事件の経緯を報告しに行くのだ。国王陛下にお会いするのは結婚式以来、一ヶ月ぶりである。

クリスタルはルリさんに預け、私はクロームイエローのドレスを纏《まと》う。

ディートリヒ様と共に馬車に乗り込む。巨大犬であるディートリヒ様が乗れる大型の馬車が、再び役に立つとは思いもしなかった。

「こうして出かけるのも、久しいものだな」

「ええ」

結婚式のあと、新婚旅行に行く予定だった。しかし、ディートリヒ様は犬化し、クリスタルが現れた。旅行なんて行っている暇はなかったのだ。

動き出した窓の景色を眺め、ため息をつく。

「メロディア、ため息なんかついて、どうしたのだ?」

「いえ、国王陛下への謁見《えつけん》に、緊張しているのです」

「緊張せずとも、伯父は私の犬姿を見たいだけだ。気負わずに、会うとよい」

国王陛下は冷酷な氷結王と呼ばれている。初めてお目にかかるというときには、緊張で胃がじくじく痛んでいた。

何か失礼なことを口にして、首を刎《は》ねられるのではないか。そんなことさえ考えていたのだ。

しかしながら、実際の国王陛下は、冷酷な雰囲気はいっさいなく、ただの犬好きだった。

猫なで声でディートリヒ様に話しかけ、存分にモフモフしていたのである。

威厳なんてあったものではなかった。

ちなみに、私の狼《おおかみ》姿も見たいと言われたものの、ディートリヒ様が丁重にお断りしたらしい。

もしも、国王陛下に私をモフモフされたら、嫉妬で呼吸困難になるかもしれないと。ディートリヒ様の命が危ないので、断ってくれて胸をなで下ろした。

国王陛下はただの犬好きで、怖くない。むしろ、残念な類いである。確実に、ディートリヒ様の血縁者であると感じてしまった。

それでも、お会いするのは恐れ多い。たとえ相手が私を微塵《みじん》も気にしていなくても、できれば生涯関わり合いになりたくないと思ってしまうのだ。

「それはそうとメロディア、そのドレス、よく似合っているぞ。冬を跳び越えて、春がやってきたのかと思った」

「ディートリヒ様ったら。これ、旅行用にあつらえたものだったんですよ」

このクロームイエローのドレスは、新婚旅行で着ようと思っていたものである。まさか、国王陛下への謁見に着ていくことになるとは想像もしていなかった。

「新婚旅行か。バタバタする毎日だったから、すっかり忘れていた。メロディア、すまなかった」

「いえ。ディートリヒ様はその姿ですし、クリスタルもいるので」

「ふむ」

王都にいる貴族の間で巨大犬の飼育が流行《はや》っているものの、地方にはまだ浸透していない。そんな中で犬の姿のディートリヒ様が現れたら、魔物と勘違いされてしまうだろう。

ただ、貴族の保養地では巨大犬も浸透しているだろう。探してみたら、案外受け入れてくれる旅行先はあるのかもしれない。

「落ち着いたら、改めて旅行を計画しようか」

「いいですね。せっかくですから、クリスタルやギルバート様、ルリさんを連れて、家族旅行にしませんか？」

「最高だな！」

今、クリスタルはディートリヒ様を恐れているらしい状況にある。だから、すぐにというのは難しい話だろう。数ヶ月、一年と経てば、今よりは馴《な》れるかもしれない。

そうなったときに、この馬車で旅行に行きたい。

「ディートリヒ様の犬化の呪いも、どうにかできたらいいのですが」

「難しいだろうな」

ギルバート様は魔法書を徹底的に調べているようだが、術者が亡くなった呪いが再発したというのは長い歴史においても前例がないらしい。かといって、狼魔女以外に呪った相手を変化させるような高位魔法を操れる者は存在しないそうだ。そのため、調査は難航していると。

「まあ、戻らずとも、メロディアは犬の私を愛してくれる。幸せな人生……いや、犬生だ」

「ディートリヒ様……」

ディートリヒ様がどんな姿であっても、私の愛は変わらない。ディートリヒ様が犬で在り続ける覚悟を固く決めているのならば、私はそれを支えるまでだ。

「メロディア、本当に、ありがとう」

ディートリヒ様をぎゅっと抱きしめる。ベルベット生地に、盛大に毛がついてしまった。

換毛期らしい。季節の変わり目が、訪れようとしていた。

犬の毛の生え替わりで感じる、冬の季節である。


国王陛下は私とディートリヒ様を、温かい表情で迎えてくれた。

「ディートリヒ、その、大変だったたな」

「幸せと不幸は交互にやってくるのだなと、しみじみ思った次第です」

「神は残酷だ。このように可愛《かわい》いお前に、次々と試練を与えるなんて」

ディートリヒ様は一通り、事の次第を伝えていた。保護した子は嬰児交換の可能性が高いものの、記憶喪失や家出の可能性も捨てきれないと。

「ギルバートの振り子魔法《ペンデュラム》は深層意識に問いかけるものですが、強い意志や、強力な魔法で上塗りされた記憶には通用しないみたいで」

「なるほどな。まだ、確証ではないと」

引き続き、調査を続ける。クリスタルについての報告はそんな言葉で締めくくった。

「呪いの再発については、お手上げ状態です」

「難儀であったたな」

気の毒に思っているのか、前回のように飛びかかってモフモフすることはしなかった。憐憫《れんびん》の瞳で、ディートリヒ様を見つめている。撫《な》で回したい気持ちを抑えているのか、手がぶるぶると震えているように見えた。

「あの、国王陛下。以前のように、私を撫でてもよいのですよ？」

「ディートリヒ、いいのか？　嫌では、ないのか？」

「ええ、どうぞ」

ディートリヒ様は伏せの姿勢を取る。すると、国王陛下は素早く立ち上がって、ディートリヒ様のもとへと駆け寄った。

そして――猛烈にモフモフしはじめたのである。

「よーしよしよしよし、モーフモフモフモフ！　可愛いなあ、お前は、本当に可愛い！　ディートリヒは、地上に降り立った、奇跡の天使だ。はあ、最高……!!」

相変わらずの、愛犬家っぷりである。ディートリヒ様は虚空を眺め、無でいるようだった。

国王陛下のために、身を捧《ささ》げたのだ。心の中で、拍手をする。

「むっ、すまない。つい、夢中になって撫でてしまった」

「満足しましたか？」

「ああ、満足だ。ありがとう」

国王陛下はキリッと表情を引き締め、伯父の顔から国王の顔となる。何事もなかったかのように長椅子に腰かけ、私達《たち》にも座るようにと促した。

「犬化の呪いに関しては、全力で調査に協力しよう。必要とあらば、王立騎士団を使っても構わない。魔法研究機関も、存分に活用せよ」

「国王陛下、お心遣いに、深く感謝します」

ディートリヒ様と共に、深々と頭を下げた。

「しかし、お前を再び呪う者が現れようとはな」

国王陛下は額に青筋を立てて、怒りを露《あら》わにしている。それも無理はないだろう。溺愛《できあい》している甥《おい》が、人生で二度も呪いの標的になったのだから。

「しかし、我が国に変化系の呪いをかけられるような者が、狼魔女の他にいたとはな」

「ええ」

そうなのだ。人の操る変化魔法の技術は、とうの昔に失われている。自分にかけるだけでも難しい術式を、他人に、加えて呪いとして構成するのは、とんでもなく高度なことなのだ。古《いにしえ》の時代の大魔法使いでさえも、使いこなせるのかわからないと魔法書に書かれていたほどである。

「それにしても、よくぞ狼魔女に勝利したな。改めて、とんでもない偉業だと思うぞ」

「メロディアのおかげです」

「愛の力で、狼魔女の洗脳に勝ったのだったな」

「そうなのです！」

ディートリヒ様は誇らしげに言葉を返していた。国王陛下は狼魔女の討伐についての報告書に目を通していたのだろう。しかしながら、愛の力で勝ったとは、どういうことなのか。

たしか、狼魔女の術にかかり、ディートリヒ様は私に剣を向けた。しかしながら、次の瞬間に叫んだ「待て！」に反応し、動きを止めたのだ。そのあと、ディートリヒ様は正気を取り戻していた。

「ディートリヒ様、報告書はどなたが作成したものだったのですか？」

「ギルバートだ」

「ああ……」

思わず、頭を抱えてしまう。おそらく、ギルバート様が当時の様子を盛大にロマンチックに書いてくれたのだろう。

私は必死だったし、ディートリヒ様は正気を失っていた。ギルバート様以外に、正確な報告書を書ける者はいなかったのだろうが。

「そういえば、前回の呪いも、愛の力で解いたのだろう？」

国王陛下の言葉に、目を最大限にまで見開く。

呪いを解いたのは、愛の力でもなんでもない。両親が私の中に遺《のこ》してくれた、奇跡の光魔法だ。

さすがにこれは、情報の誤りを修正した。

「国王陛下、その、以前ディートリヒ様の呪いを解いたのは、私の両親が遺してくれた、一回限りの光魔法です。何度も、使えないものでして……。その、お役に立てずに申し訳ないのですが」

「おお、そうであったか。すまない、記憶違いだった」

国王陛下の発言は冗談だったのだろうか？　空気が読めずに、至らない発言をしてしまった。

なんとなく気まずい雰囲気のまま、国王陛下と別れることとなった。

長い長い廊下を歩いていると、ディートリヒ様が謝罪を口にする。

「メロディア、その、すまなかった」

「何の話ですか？」

「伯父が、愛の力で呪いを解いた、という発言だ」

「ああ」

なんでも、どうにもならない話題になればなるほど、茶化してしまう悪癖があるという。

「私も、そういうお調子者なところがある。今日、実際に伯父がそういった発言をしているのを聞いて、よくないな、と思った次第で。メロディアの亡くなった両親に関わるものだから、余計に茶化してはいけなかったのに。本当に、すまなかった」

その辺については、まあ、本《もと》を正せば両親の愛でもある。間違いではない。そう伝えても、ディートリヒ様はがっくり項垂《うなだ》れたままだった。

「しかし、そうであっても、軽々しく口にしていいものではない。申し訳なかった」

「いえ。どうか、お気になさらず」

ここでディートリヒ様に、ある提案を持ちかけてみた。

「ディートリヒ様。クリスタルに、街で何かお土産でも買っていきませんか？」

「おお、いいな！」

フェンリル公爵家御用達《ごようたし》のお店がいくつかあるという。犬の姿でも入店できるらしい。

「お菓子にオモチャにアクセサリー……何がいいだろうか？」

「クリスタルは絵本が好きなんです」

「ならば、書店に行こう」

ディートリヒ様は馬車の座席の下から、首輪と散歩紐《ひも》を取り出した。

「もしものことがあるかもしれないと思って、首輪と散歩紐は用意していたのだ。メロディア、付けてくれ！」

嬉々《きき》として、お願いしてくる。なぜ、ディートリヒ様は首輪と散歩紐の装着をためらわないのか。永遠の謎だ。首輪と散歩紐を付けてあげると、本格的に犬にしか見えなかった。

「メロディアとの街歩きは、久しぶりだな」

「結婚式の準備で、バタバタしていましたからね」

まさか、ディートリヒ様との久しぶりの街歩きが、犬の姿だとは想像もしていなかった。

どうしてこうなったのかと思わなくもない。だが、ディートリヒ様が楽しそうなので、まあいいかとも思う。

途中まで馬車を走らせ、商店街の前で停《と》まる。まず、私が降りて、外から散歩紐を少しだけ引いた。ディートリヒ様は優雅な足取りで降りていく。その様子に、驚く人はいない。ディートリヒ様が外歩きできるように、フェンリル公爵家が超大型犬を王都で流行らせたからだ。

「えーっと、書店はどちらにあるのですか？」

「私が、案内しよう」

ディートリヒ様は尻尾を左右に振りながら歩く。上機嫌だ。そんな私達に、毛皮の豪奢《ごうしゃ》な外套《がいとう》をまとったマダムが接近し、声をかけてきた。

「あらまあ！　あなた方、ちょっとよろしくて？」

「はい？」

前髪を紫色に染め、瞼《まぶた》には紫色のアイシャドウを塗った派手な装いのマダムである。年頃は、五十歳前後か。ズンズンと接近し、ディートリヒ様をさまざまな角度から値踏みするように見つめていた。

「あ、あの、何か、ご用でしょうか？」

「そこのワンちゃん、どちらで出会ったの？」

「え!?」

「とっても毛並みがよくて、賢そうなワンちゃんだわ」

褒められて嬉《うれ》しかったからか、ディートリヒ様はお座りをしたのちに胸を張り、「わん」と渋い声で鳴いた。笑いそうになるので、犬の振りは止《や》めてほしい。

「まあ！　佇《たたず》まいもすてき！」

相当な犬好きなのだろうか。満面の笑みを浮かべている。

「一目惚《ひとめぼ》れなのかしら？　他の子とは、雰囲気から異なっているわ」

「なるほどな！」

ディートリヒ様が突然叫んだ。マダムはキョロキョロと、辺りを見回す。

「あの、今、男の人の声が聞こえなかった？」

「き、気のせいでは？」

「そ、そうよね。そんなことよりも、その子と出会った場所を教えていただける？」

「この犬とは、その、運命的な出会いをしまして。出会ったのは、その辺の道ばたなのですが」

「まさか、捨てられていたの!?」

「……まあ」

嘘《うそ》は言っていない。幼少期に、たしかにディートリヒ様を道ばたで拾った。

「こんな可愛い子を捨てるなんて」

ディートリヒ様はマダムの話を聞きながら、こくこくと頷《うなず》いていた。犬の身で、人間らしい反応も止めてほしい。世界のどこに、人の話を聞きながら頷く犬がいるというのか。

「あなたのお話、今度ゆっくり聞かせていただける!?」

「え？」

「よろしくね」

そう言って、マダムは私の手に名刺を握らせた。

「では、ごきげんよう！」

風のように去って行った。その様子を、ディートリヒ様と共に見送ってしまう。

「メロディア、今のマダムは何者だ？」

「えっと……？」

名刺には、〝妖精・精霊研究家　マダムリリエール〟とだけ書かれていた。

「あっ！　ディートリヒ様、さっきのマダム、妖精と精霊の研究をしているそうですよ！　もしかしたら、嬰児交換についても、何か知っているかもしれません」

「ううむ」

　クリスタルに関する問題について、何か解決の糸口が摑《つか》めるかもしれない。そう思ったが、ディートリヒ様の反応は薄かった。

「ディートリヒ様、どうかされたのですか？」

「いや、国に属さない魔法研究者の大半は、ぺてんを働く者が多いのだ」

「そ、そうなのですか!?」

　この国に住む者達は、魔石を有用な資源とし、生活に活用してきた。ただ、これらは過去の技術を活用しているばかりである。生活に魔法が根付いているものの、魔法使い自体は数が少ないのだ。

　そんな中で、魔法使いを名乗って人を騙《だま》そうと目論《もくろ》む輩《やから》がいるらしい。その派生として、研究者を名乗って詐欺《さぎ》を働く者達がいるのだという。

「妖精と精霊、両方研究しているのも怪しい」

「たしかに、妖精と精霊は似ているようで、まったく異なる存在ですものねえ」

　妖精は妖精界に棲《す》まうものと、人間界に棲まうものとの二種類存在する。気まぐれな性格の者が多く、基本的に人間には干渉しない。妖精の役割については、多くは謎に包まれているようだ。

　一方で精霊は人間界に存在する、自然の力が具現化した存在だ。風のシルフィール、火のイフリート、水のウンディーネ、大地のノームなどなど。

「怪しい。怪しいが、一度話を聞いてみるのも、いいかもしれないな」

「ええ」

現状、調査は行き詰まっている。ぺてん師でもいいから、話を聞きたい。と、そんなことを話している間に、書店にたどり着いた。

そこは、王室御用達店でもあるようで、王家の紋章が彫られた看板もぶら下がっていた。

年季の入った赤煉瓦《あかれんが》に、蔦《つた》が絡まっている。ショーウィンドウには、今週発売した新刊が並んでいた。一ヶ月半後には降誕祭《クリスマス》だからか、包装した本も並べてある。すてきな雰囲気のお店だ。

ちなみに、降誕祭というのは、異世界からもたらされた行事である。なんでも、異世界の神様をお祝いするものらしい。なぜ、異世界の神様を祝う行事を始めたか。その疑問は降誕祭を伝えた異世界人にもわからないという。そもそも、その異世界人も降誕祭で祝う神様を信仰していたわけではないと。それなのに、異世界人の国の人々は揃《そろ》って降誕祭を楽しんでいたらしい。

降誕祭では贈り物を交換し、家族や恋人達、友達とごちそうを食べて楽しく過ごす。それがとてつもなく楽しいことから、瞬く間に広がったと。

異世界人の召喚から二百年ほど。降誕祭は多くの国に広がり、親しまれている。

その理由はきっと、異世界と同じく「楽しいから」だろう。

「メロディア、入ろう」

「ええ」

真新しい紙とインクの匂いがふんわりと漂う。両親から降誕祭に絵本を贈ってもらった記憶を思い出し、懐かしい気分になってしまった。

美しい魔石水晶のシャンデリアが、店内を明るく照らす。書店なのに、貴族のサロンのような雰囲気である。店内は普通の書店のように、本がぎっしり並んでいるわけではなかった。棚に並べられた本は、すべて表紙が見えるように並べられている。ガラスケースに収められた書籍もあった。

覗《のぞ》き込むと、どうやら魔法書のようだ。写本と書いてある。オリジナルの魔法書は大変貴重だ。街の書店にあるはずがない。写本でも、金貨百枚と書かれてある。現代に残った魔法書は、大変高価なのだ。

「いらっしゃいませ」

お店の奥から出てきたのは、白髪頭に整えられた髭《ひげ》が特徴の、燕尾《えんび》服《ふく》姿のお爺《じい》さんである。品のある、落ち着いた雰囲気だ。

「おや、今日はギルバート様とご一緒ではないのですね」

ディートリヒ様は、いつもギルバート様とここに来ていたようだ。もちろん、呪いについて店主は知らない。ディートリヒ様のことを、ただの巨大犬だと思っているのだ。

「彼女はメロ――」

ディートリヒ様が私を紹介しようとしたので、慌てて口を上下から押さえた。

「わ、私は、フェンリル公爵の妻である、メロディアと申します」

「ああ、そうでしたか！　奥様、いらっしゃいませ。本日は、どのような書籍をお探しでしょうか？」

「小さな子どもに、絵本を贈ろうと思いまして」

「そうでしたか」

「あの、狼が登場する本が好きみたいで。狼戦士シリーズ以外で、狼の本はありますか？」

「はい、ございますよ！」

店頭には置いていないようで、地下の倉庫に取りに行くという。店主がいなくなったあと、ディートリヒ様に注意した。

「ディートリヒ様、ここではきちんと犬の振りをしていてくださいね」

「すまない。つい、メロディアを店主に紹介したくて、口にしてしまった」

「お願いですので、どうか、大人しくしていてください」

「わかった」

店内には机と椅子が置かれており、ゆっくり本が読めるようになっているらしい。店内にあるのは、すべて試し読み用の見本誌で、購入するさいには別の本を用意しているようだ。

紅茶とお菓子が運ばれ、ディートリヒ様には水と干し肉が用意されていた。

「メロディア、干し肉とクッキーを交換しようか？」

「クッキー、食べたいのですか？」

「いいや、甘いもののあとには、しょっぱいものが食べたいのかと思って」

「ディートリヒ様……」

たしかに、甘い物のあとはしょっぱいものが食べたい。しかしながら、ドレス姿の貴婦人が干し肉を豪快に噛《か》みちぎっている様子は、他人に見せていいものではないだろう。気持ちだけ、しっかりいただいておく。お店の奥から足音が聞こえたため、ディートリヒ様は口を噤《つぐ》む。

「お待たせいたしました。狼関係の書籍です」

絵本だけでなく、大人向けの本もいくつか持ってきてくれたようだ。その中に、気になる本があって思わず手に取ってしまった。

題名は、『狼さんの恩返し』とある。題名の可愛らしさに反し、迫力がありすぎる写実的な絵が印象的だった。

いったいどんな内容なのか。開いてみると、いきなり獲物の鹿に噛みつく絵だった。

「う、うわあ！」

「そちらの本、現在は絶版になっておりまして、この店に置いてある最後の一冊なんですよ」

なんでも、子どもが泣くという苦情が相次いだらしい。絵本とは思えないほど、残酷で壮絶な内容のようだ。

「好事家の中では、大変評判のよい作品で、古本で流通しているものの中には、金貨五枚で取り引きされることもあるようです。もちろん、当店では定価で販売いたします」

「そうなのですね。もうちょっと、中を読んでもいいですか？」

「はい、どうぞ。ごゆっくり。ご用のさいは、お手元にあるベルを鳴らしてください」

「はい。ありがとうございます」

店主さんは深々と会釈し、再び奥の部屋へと下がっていった。

「メロディア、私にも、内容を聞かせてくれ」

「わかりました」

ディートリヒ様に絵が見えるよう、膝の上に本を載せる。いつも、クリスタルに読み聞かせをするように、本を読んだ。

「――むかしむかし、あるところに狼の群れがありました」

体が大きな灰色狼が統率した、三十四からなる群れだった。

そんな群れに、待望の子どもが誕生する。六匹生まれる中で、一匹だけ白い毛並みだった。

他の灰色狼と毛並みが異なるので、仲間はずれにされた。

さらに、白い毛は野生下では目立つ。天敵である大鷲《おおわし》や狐《きつね》に狙われることは一度や二度ではない。

小さな白狼《はくろう》を、誰も助けてくれなかった。

「今日も、烏《カラス》に突《つつ》かれた傷が痛む――」

「うっ、ううっ、か、可哀想《かわいそう》に……！」

まだ序盤も序盤だというのに、ディートリヒ様は感情移入し、涙していた。子ども以上の感受性の強さである。

「ディートリヒ様、続きを読んでもいいですか？」

「あ、ああ」

白狼はついに、群れから追い出されてしまった。この先、誰にも頼ることなく生きなければいけない。狩りの方法を教わっておらず、やり方もわからない。そのため、地面に落ちている木の実や川に打ち上げられた魚を食べて飢えをしのぐ。

そんな中で、白狼は運命的な出会いをする。人間が仕かけた罠《わな》に、大きな鹿が引っかかっていたのだ。白狼はその様子を鋭い目つきで見つめる。鹿の足は速く、持久力もある。単独で狩りをしても、仕留めるのは難しい。

しかしながら、罠にかかった鹿は逃げられない。弱点である首筋に嚙みついたら、一撃で倒せるだろう。

肉付きがよく、実においしそうな鹿だった。白狼は舌なめずりする。

まだ、仕留めるときではない。鹿の仲間達が、周囲にいたのだ。それに、まだ鹿も元気だろう。余力を振り絞り、暴れて角で怪我《けが》をする可能性がある。よくよく確認したら、鹿の角の先端は鋭く尖《とが》っていたのだ。もう少し衰弱してからのほうがいいだろう。冷静に、白狼は思っていた。

しばらく経つと、仲間達は鹿のもとから去った。助けられないと諦め、見捨てたのだろう。

鹿はしだいに弱り、動かなくなる。その様子を見た白狼は、胸がずきんと痛んだ。

鹿の様子と、群れから追い出された自分の姿を、重ねてしまったのだ。

あの鹿は、食べられない。すっかり同情してしまった白狼は、鹿を罠から解放した。

驚いた鹿は白狼に尋ねる。自分を食べないのかと。

白狼は返した。鹿を殺して食べるほど、飢えてはいないと。もちろん、強がりである。

傷に効く薬草を鹿の傷に当てて、白狼は傍《そば》で眠る。他の肉食獣に襲われないように、見張りをするつもりだった。

鹿の血の匂いが、食欲を刺激する。それでも、この鹿を食べてはいけないと白狼は思った。

翌日——鹿の姿はなかった。当たり前だろう。鹿にとって狼は天敵なのだから。

その辺に落ちていた木の実を食べて飢えをしのいでいたら、声が聞こえた。

昨日助けた、鹿だった。角には、兎《うさぎ》の死骸が刺さっていた。それを、昨日のお礼だと言って白狼へと差し出す。

差し出された兎に、白狼は夢中になってかぶりついた。血は新鮮で、肉はやわらかい。最高の朝食である。

なんと、鹿が仕留めたのだという。やはり、鹿の持つ鋭い角は脅威だったのだ。

骨まで残さず完食した白狼だったが、まだ傍に鹿がいたことに驚いた。

鹿は、白狼に思いがけない願いを持ちかける。白狼に、仕えさせてくれないかと。

助けられた命を、白狼のために使いたいという。

肉食獣に仕える草食獣など、前代未聞である。白狼は断り、逃げた。だが、鹿はどこまでも追いかけてくる。

毎日兎を狩り、必要であれば木の実も持ってくる。だから仕えさせてくれ。そんな鹿の訴えに、白狼はついに折れた。鹿の願いを受け入れたのである。

それから、白狼と鹿はともにあった。緑輝く春も、暑さが厳しい夏も、実り豊かな秋も、厳しい冬も、協力しあって生きてきた。

肉食獣と草食獣がなれ合うなどおかしい。そう思うかもしれないが、白狼と鹿は気にしなかったのである。

種族の違いこそあれど、白狼と鹿は分かち合い、互いを尊重し、大事に思っていた。

しかしながら、そんな毎日に危機的状況が訪れた。それは、いつまでも降り止まない雪に、狩りが困難となったのだ。巣穴にいなければならぬ状況に、白狼は苛立《いらだ》つ。

冬のたくわえは鹿の分しかない。白狼の食料となる獲物は、狩りで得なければならないのだ。

木の実を食べてしのいでいたものの、それも長くは続かない。

しだいに、白狼は鹿がおいしそうに思えてならなかった。饑餓《きが》から生じた、狼の本能だろう。

ほんのちょっと残った理性が、鹿を食べてはいけないと訴える。

白狼にとって、鹿は唯一の仲間だった。

鹿の命を守るために、白狼は巣穴を出る決意をした。だが、鹿はそれを止める。それだけではなく、自分を食べてくれと訴えたのだ。

鹿はずっと、最期はそうでありたいと考えていたという。白狼に助けられた命を、恩返しとして捧げたいと。

仲間を、食べるわけにはいかない。そう訴えているのに、鹿は自らの首を狼の口の中へとつっこんできた。

ダメだ、ダメだ、絶対にダメだ！

そう思いつつも、白狼は本能に抗《あらが》えない。鹿の首を、鋭い牙でかみ砕いたのだった。

——その年、大雪の影響で多くの野生動物が息絶えた。

白狼はそんな状況で、生き延びたのだった。もちろん、命を捧げてくれた鹿のおかげである。喪失感でどうにかなりそうだったが、それでも生きるしかない。鹿が繋《つな》いでくれた命を、無駄にするわけにはいかないから。

それから、森には鹿を助ける不思議な狼が現れるようになった。

鹿は敬意を示し、白狼神と呼ぶようになった。

狼は受けた恩は必ず返す。義理堅い生き物なのだ。

「えーっと、これで、おしまいです」

なんというか、思っていた以上に壮絶な内容だった。同時に、絶対に子ども向けではないとも。

私が最初に見た絵は、白狼が心を許した鹿を食べるシーンだったのだ。迫力があったわけである。

鹿を食べるシーンでは、読んでいる私も鳥肌が立ってしまった。子どもが泣くわけである。

題名を『狼さんの恩返し』という可愛らしいものにして、なんとか売ろうとしている出版社サイドの目論見《もくろみ》が見え隠れしているような。

しかし、内容に合わせた渋い題名だと、子どもはまず手に取らないだろう。

絶対に子ども向けではないものの、強く惹《ひ》かれる何かがある。

物語から、仲間を大事にする大切さと優しさを学べると思ったのだ。

「ディートリヒ様、この本、クリスタルに読み聞かせてもいいでしょうか？」

きっと、クリスタルは気に入るだろう。

「少し、早いと思うが、絵を見せずに読み聞かせるのならばいいと思う」

「ですよね」

「それにしても、悲しい物語だった」

内容を思い出したのか、ディートリヒ様はぶるぶる震え、涙を流す。それだけだったらよかったのだが——。

「おおおおおん、おおおおん!!」

ディートリヒ様は見事な男泣きをし始めた。

「ちょっ、ディートリヒ様！」

同じ白い犬（狼）だったので、必要以上に感情移入してしまったのだろうが。気の毒に思い、背中を優しく撫でてあげる。

そんな中で、ディートリヒ様の泣き声を聞きつけ、店主さんが戻ってきた。

慌てて、ディートリヒ様の口を塞いだ。

「お客様、どうかなさったのですか!?」

「す、すみません、なんだか咽《む》せてしまって」

「水をお持ちしましょうか？」

「いえ、大丈夫です。治まったので」

ディートリヒ様のせいで、私が野太い声で咽せる女だと思われてしまった。辛《つら》いけれど、ディートリヒ様を守るためだ。私の名誉なんて、二の次である。

「お気に召した本はありましたか？」

「あの、こちらの『狼さんの恩返し』をいただけますでしょうか?」

「やはり、お気に召しましたか！　奥様は、こういうのが好きだろうと思っていたんです」

店主さんは丁寧に絵本を包装してくれた。真っ赤なリボンが可愛らしい。

「またのお越しをお待ちしております」

「はい、ありがとうございました」

馬車に乗り込み、家路に就く。ディートリヒ様は窓の外の景色を眺めながら、ポツリと呟《つぶや》いた。

「狼は、義理堅い生き物、か」

「その一方で、執念深くもありますよね」

「ああ、そうだな」

狼魔女は心を寄せていたフェンリル公爵家の男性と結ばれず、千年以上も恨みに思って呪っていた。あまりにも長い、戦いだったのだ。

「再びこうして犬と化してしまったが、周囲の反応は変わらず、ごくごく普通に暮らしている。幸せなことだ」

「ディートリヒ様……」

「私の幸せは、メロディアの幸せでもあるのだろう?」

「そ、そうですが」

本人はそう言っているものの、やはり犬の姿ではいろいろと苦労もあるだろう。

このままでいいとは絶対に言わない。私は、諦めたくなかった。

絵本界の問題作、『狼さんの恩返し』はクリスタルに手渡さず、私が管理することとなった。

まず、内容を紙に書いて、読み聞かせから始める予定だ。クリスタルがもう少し大きくなったら、本を贈ろう。ディートリヒ様と話し合った結果である。

お昼寝の時間に少しずつ読んであげようと考えていたのだが、クリスタルは物語に夢中となり、結末まで読んでくれとねだられる。

お昼寝時間はとうに過ぎているのに、クリスタルの瞳はらんらんと輝いていた。眠りそうな気配は微塵も感じなかった。

仕方がないと諦め、最後まで読み聞かせた。

「ううう～～っ！」

その結果、ディートリヒ様以上に大号泣したのである。目は真っ赤に腫れていて、なんとも痛々しい。

「なんで、白狼は、鹿に、出会って、しまったの？　こんなの、かなしい……！」

優しい子だ。クリスタルを、ぎゅっと抱きしめる。

「クリスタル、白狼は、幸せだったのですよ。鹿という仲間がいて、楽しい思い出がたくさんあって。姿や命は消えてなくなっても、記憶はずっと残るんです」

もちろん、白狼には辛い記憶も残っている。悲しみは、一生消えることはない。

それでも鹿を守ろうと決意し、命を燃やした白狼の人生は、確かに輝いていただろう。

「ひとりでも、幸せだった？」

「ええ」

それを聞いて安心したのか、クリスタルは眠りに就く。ひとまず、ホッと胸をなで下ろした。

◇◇◇

手が空いた時間に、妖精・精霊研究家であるマダムリリエールに手紙を書いてみた。

彼女の家に行くのは恐ろしいので、フェンリル公爵家に招待したのである。

すぐに返信が届き、ぜひとも訪問したいとあった。

マダムリリエールについて話を聞いたギルバート様は、明らかに怪しんでいた。

「義姉上《あねうえ》、その者は、何か詐欺を働くような者なのでは？」

「怪しいのは確かですが、調査も行き詰まっているので」

「それは認めますが、民間の研究者を頼らなくても……」

妖精や精霊については、謎が多い。魔法書も少なく、かといって実際に召喚するのは危険だ。

資金も多く必要になるため、研究したいと思っても実行に移せる者は少数だった。

そんな状況なので、マダムリリエールが疑われるのも無理はない。

「まあ、一回話を聞いてみるだけでも、いいかなと」

「私も同席させてもらっても？」

「えーっと」

額に手を添え、どうしたものかと悩む。人間の姿のディートリヒ様がいないのに、その弟であるギルバート様が同席するのはアリなのか。

この微妙さを、どう説明すればいいのか悩んでいると、すかさずルリさんが物申してくれた。

「ギルバート様、人の姿のディートリヒ様がいらっしゃらない場に同席するのは、あまりよくないかと」

言葉を濁すのかと思いきや、そのまま伝えてくれた。

「言われてみれば、そうですね」

理解してくれたので、ホッと胸をなで下ろす。しかし、ギルバート様は思いがけない提案を持ちかけてきた。

「では、ギルバーリンに扮《ふん》し、同席してもいいでしょうか？」

いや、なんで女装なのか。普通に、従僕でもいいのでは？

案外、あの恰好《かっこう》を気に入っているとか？　謎すぎる。

助けを求めるようにルリさんのほうを見たら、「なんか知らんが面白い流れになってきたぞ」みたいな表情を浮かべていた。

いいのか、婚約者が女装しても。

これ以上拒絶するのも可哀想に思ってしまい、結局私はギルバーリンの同席を許してしまった。

それから三日後――マダムリリエールが訪問する日となった。

本日のギルバーリンは、毛足の長いカツラを頭の高い位置でふたつに結んだ髪型にしていた。動く度に、馬の尻尾のようにサラサラなびく。

足下まで覆うエプロンドレスをまとい、遠目で見たら一般的なメイドだ。ルリさんの化粧の技術で、美しく仕上がっている。しかし、近くで見ると「おきれいだけれど、デカっ!!」という感想しか出てこない。

果たして、ギルバーリンは人前に出していいものか。思い悩んでしまったものの、隣にいたディートリヒ様が「完璧なメイドだ!」と褒めたので言い出すタイミングを逃してしまった。

巨大犬であるディートリヒ様と、クール美人なルリさん、ごくごく普通な私がいるなかで、ギルバーリンの存在感はとてつもない。ついつい、圧のあるお姿に注目せざるを得ない。本当に大丈夫なのか。心配になったので、ルリさんに聞いてみる。

「あの、ギルバーリンって、お客さんの前に出ても大丈夫なんですか?」

「いや、ダメでしょう。完全に、身内の悪ノリです」

ただ、本日のお客さんは貴族ではない。ギリギリ問題あるくらいなので、大丈夫だろう。ルリさんは言いきる。

「ギリギリ問題あるって、ダメなのでは?」

「ええ、ダメですね」

私とルリさんの間に、ひゅうと北風が吹いたような気がした。

「今回はまあ、個人で妖精や精霊の研究をしているような風変わりな御方《おかた》ですので、気にしない可能性も高いです」

「可能性に、賭けるというわけですね」

「ええ」

どうかギルバーリンのおかしさに気づきませんように。そう、祈るしかなかった。

マダムリリエールは約束の時間ぴったりに現れる。

銀色の毛皮の外套に、ひときわ目立つ化粧、それに加えて紫色の前髪の一部を赤く染めていた。

まさか出会った日よりも派手になっているなんて、誰が想像できたのか。

両手に角形の手提げ鞄《かばん》を持っているが、いったい何を持ってきたのか。

ひとまず、ルリさんを友人ということにして、隣に座ってもらった。マダムリリエールがおかしな発言や行動をしたら、牽制《けんせい》するように睨《にら》みを利かせてくれるだろう。

「驚いたわ。まさかあなた達が、かの高名なフェンリル公爵家の方々だったなんて」

「え、ええ」

マダムリリエールはいいこでお座りしているディートリヒ様に目もくれず、手提げ鞄を机の上に置き蓋を開いた。

「今日は、こちらの品を、あなた方に紹介したくって！」

鞄の中に入っていたのは、宝石の裸石《ルース》だった。大きさは小指の爪くらい。小さなケースにひとつひとつ丁寧に収められていた。

「あ、あの、マダムリリエール、こちらの宝石は、いったい何なのですか？」

「精霊石よ」

「バカな!!」

そう叫んだのは、ギルバーリンだった。すかさずルリさんがギルバーリンを振り返り、ジロリと睨む。ギルバーリンは口元を手で覆っていたが、何もかも遅い。

突然の低い声に、マダムリリエールはキョトンとした表情で私を見つめる。

「公爵夫人、喉の調子がよくないのですか？」

「え!?　あっ、ごほん、ごほん!!　あー、あー、あー。えっ――と、大丈夫みたいです」

「よかったわ。最近、風邪が流行っているようだから」

「そ、そうですね」

ディートリヒ様に引き続き、またもや私の声だということになってしまった。兄弟揃って、本当に注意してほしい。

「えっと、そちらの宝石は精霊石とおっしゃっていましたが、どういう品なのですか？」

「精霊石は、精霊との対話を可能とする、すばらしい物なの！」

あ、怪しい……なんて言葉は、ごくんと呑《の》み込んだ。きっと、皆同じことを思っているだろう。

なんていうか、本当はディートリヒ様への興味はさらさらなかったのかもしれない。

商売をするために、個人個人が大事にしているものに興味を示したり、詳しく教えてくれと言ったりしていたのだろう。

がっくりとうな垂れたくなるような気持ちになる。

「精霊の声が聞こえたら、とってもすてきでしょう？　あなたも、そう思わない？」

「は、はあ」

「風の大精霊シルフィールとお話できる『エピドート』に、火の大精霊イフリートとお話できる『ファイヤーアゲート』、水の大精霊ウンディーネとお話できる『アクアオーラ』に、大地の大精霊ノームとお話できる『アキシナイト』――どれも、金貨百枚からお譲りしているの」

「ひ、ひゃく!?」

私の王立騎士団一ヶ月の給料が金貨一枚だった。金貨百枚なんて、とんでもない大金である。

「もちろん、有名な四大精霊だけでなく、他の精霊ともお話できる精霊石もあるのよ」

マダムリリエールの瞳が、ギラギラ輝き始める。これは是が非でも精霊石を売る、商売人の顔だろう。

それにしても、精霊石についての知識がないので、何も聞き出せない。

ギルバート様に同席してもらえばよかった。こうなったら、奥の手である。

ルリさんにこっそり耳打ちした。

「あの、ルリさん、ギルバーリンに耳打ちしてもらって、マダムリリエールにいろいろ質問していただけますか？」

「わかりました」

ルリさんはサイドのギルバーリンを振り返り、こっちに来いやとばかりに手を振る。ギルバーリンはコクリと頷き、ルリさんの傍で膝をついた。

ヒソヒソと、何やら耳打ちをしている。ルリさんはこくこくと頷いていた。

一方で、マダムリリエールは私に精霊石を売りつけようと、休むことなく喋《しゃべ》り続けていた。

「この『アダマイト』は、世界樹を守る大精霊メルヴ・メディシナルとの対話を可能とするもので――」

「ひとつ、質問をよろしいでしょうか？」

マダムリリエールの言葉を遮り、ルリさんが挙手する。

「あの、マダムリリエールは、その精霊石をどちらで入手したのですか？」

「精霊達が、私に贈ってくれたのよ」

「ということは、マダムリリエールは、精霊と契約しているのでしょうか？」

「いいえ、精霊はお友達だから、契約で縛るなんてことはしないのよ」

「では、そのお友達を、ここで見せていただけますでしょうか？」

「ごめんなさい。精霊は恥ずかしがり屋さんなの。だから、この精霊石をご紹介しているのよ」

なんでも、精霊石は発動させるのに条件があるらしい。

風の大精霊シルフィールは風が強く吹く丘でのみ姿を現し、火の大精霊イフリートは火山のふもと、水の大精霊ウンディーネは澄んだ湖、大地の大精霊ノームは岩山――などなど。

照れ屋さんうんぬんを抜きにしても、ここに直接精霊を呼びだすことは難しいようだ。

それにしても、マダムリリエールは恐ろしい。ルリさんの鋭い質問に対し、のらりくらりとかわすような言葉を返している。おそらく、彼女は多くの場数を踏んでいるのだろう。喋りの職人と言えばいいのだろうか。再び、ギルバーリンがルリさんにヒソヒソと耳打ちする。

「では、マダムリリエールはなぜ、精霊との交信・交流を可能としているのでしょうか？」

「向こうから、私と話をしたいってやってくるのよ。理由は、わからないわ」

体が、ムズムズしてくる。「怪しすぎる!!」と叫びたいのを我慢しているからだろうか。

「わかりました。精霊石に興味はあるのですが、一度ゆっくり検討したいので、次の機会を用意していただけますでしょうか？」

「それは、もちろん！」

マダムリリエールは素早く鞄を閉め、立ち上がる。

「それでは、ごきげんよう」

「ご、ごきげんよう」

引き際は見事だった。瞬《まばた》きをする間に、帰っていったのである。元気よくバタンと閉められた扉を見つめていたが、ディートリヒ様の「嵐のようだったな」という言葉を聞いてハッと我に返った。

ギルバーリンはカツラを取り、どっかりと長椅子に腰かけた。珍しく、苛立っている様子だった。

「ギルバートよ、どう思った？」

「わかりません」

「わからない？　というのは、本物か偽物かわからないということか？」

「はい。喋る内容はぺてんを働いているとしか思えないのですが、売ろうとしている宝石は、普通の宝石とは異なる輝き、魔力の波動を感じました」

宝石の輝きについては、ルリさんが気づいたらしい。ギルバーリンが、マダムに見えない角度から振り子魔法で確認したら、魔力の反応を示したと。

魔力については、もともと宝石というのは魔力が多く含まれている。現段階で本物の精霊石だという判断はできないらしい。

「残念ながら、精霊石が本物か否か、確認する術《すべ》はありません」

ギルバート様は精霊の専門家ではない。判別できないのも無理はないだろう。

「唯一の確認方法は、実際に精霊石を購入して、使ってみるしかないかと」

「しかし、ひとつ金貨百枚か」

「本物ならば、安いくらいです。そこも、引っかかりました」

精霊との対話には、大量の魔力に魔道具、宝石などを必要とする。それらを、たった金貨百枚で準備できるわけがない。

「ただ、マダムリリエールの言う、精霊との交信・交流を可能としているのならば、なんら不思議ではない金額かと思うのですが」

それらを交え、「わからない」とギルバート様は言ったのだろう。

「正直、深入りしていい相手なのかも、わかりませんでした。申し訳ありません」

「わからないのは私も同じだ。ギルバート、自分を責めるな」

「兄上……！」

おそらく、妖精や精霊についても、精霊石を買わなければ詳しい話はしてくれないのだろう。

「あの、ルリさんはマダムリリエールについてどう思いましたか？」

「私は魔法についての知識はからっきしですので、ずいぶんと自信がおありだな、としか」

「たしかに、国内でも王族に次ぐ名家であるフェンリル公爵家相手に、堂々と商品を紹介していましたね」

商人として、妥協や無駄はいっさいなかったように思える。

「巨大犬がきっかけで近づいてきたのに、私を一瞥《いちべつ》すらしなかったぞ」

「ですね。確実に精霊石を売るつもりで乗り込んだのでしょう」

「これで、マダムリリエールがぺてん師であれば、大した度胸だと褒めるな」

「そうですね」

考えれば考えるほど、わからなくなる。頭を抱え、「うがー！」と叫びたくなった。

「ただ、マダムリリエールが本物だったら、クリスタルが嬰児交換によって我が家にやってきたか、わかるはずです」

マダムリリエールのお友達である精霊に聞いたら、クリスタルが精霊か妖精か、見分けてもらうことも可能だろう。

「ただ、精霊石が偽物だったら、猛烈に悔しいな！」

ディートリヒ様の言葉に、ギルバート様も深々と頷いている。

金貨百枚が惜しいのではなく、この辺は自尊心《プライド》の問題なのだろう。

精霊石がその場で本物か偽物か直接確認できないのも、上手《うま》くできている点だ。商売上手としか言いようがない。

「私に人を見る目があればいいのだが、いかんせんまだまだ若造だ」

それはディートリヒ様だけではなく、ここにいるみんなに当てはまるだろう。

ずーんと、雰囲気が暗くなっていく。

「まさか、このような事態になるとはな。日頃から身内だけで絡み、社交をおろそかにしていたしっぺ返しを受けてしまった」

ディートリヒ様の耳はぺたんと伏せられ、尻尾もだらりと垂れ下がる。声色ではそこまで感じなかったが、実際は盛大に落ち込んでいるのかもしれない。

「ディートリヒ様、どうかご自身を責めないでください。そもそも、人が人を推し量る器量なんて、なくて当然なのですよ」

「それもそうだな。メロディア、ありがとう」

そうは言っても、こういう場合は人を見て判断する必要がある。難しいところだ。

「他の者の手を借りる必要がある。知り合いで、そういうのが得意な者といえば、国王陛下くらいしか思い当たらない」

大物過ぎる助《すけ》っ人《と》である。あまりにも恐れ多い。それ以前に、国王陛下を私達の問題に巻き込むわけにはいかないだろう。

「皆の知り合いに、人を見る目がある者はいないだろうか？」

多くの人と接していて、嘘を見抜けるような人なんて知り合いにいない――いいや、いた！

「ディートリヒ様、ミリー隊長が得意かもしれません」

「ああ、王立騎士団のトール隊長か」

ミリー隊長はかつて、王都の見回りを任務とする警邏《けいら》部隊に所属していた。怪しい者がいれば声をかけ、それがきっかけで犯罪者を捕まえたこともあったと聞いたことがある。

「ミリー隊長は警邏部隊の活躍がきっかけで、今の部隊の隊長に抜擢《ばってき》されたんです」

「ならば、人を見る目は我らよりもあるだろう。トール隊長の協力が得られるのであれば、心強い」

「では、ミリー隊長に連絡して――あ、フェンリル騎士隊からの打診にしたほうが、いいですよね？」

「そうだな。拘束時間に給料も出るから、トール隊長の負担も軽減されるだろう」

「でしたら、そのようにいたします」

あとはミリー隊長頼りである。すぐに打診の手紙を認《したた》め、王立騎士団宛てに送ったのだった。

第四章　マダムリリエールの腹芸と戦うために

今日は家族みんなで旅行にでかける。

クリスタルが絵本に出てきた旅行に興味を示し、行きたいと強く望んだのだ。

ちょうど馬車で一日ほどの場所にあるキルシュガルと呼ばれる街で、降誕祭《クリスマス》を祝したマーケットが開催されている。

特別なぬいぐるみやオモチャが販売されており、子どもが喜ぶ催しだという。

王都でも降誕祭のシーズンにマーケットが行われるが、キルシュガルとは規模が違うようだ。

なんでも、キルシュガルでは街中に降誕祭を祝う飾り付けが行われるという。夜に見られる景色は、特別なものらしい。

巨大犬であるディートリヒ様は果たしてキルシュガルの人達《たち》を驚かせてしまわないか。そんな心配があったものの、夏期シーズンは貴族の避暑地となっているらしい。巨大犬も数頭、連れて回る姿が見られるようだ。同じ巨大犬であるディートリヒ様が降り立っても問題ないようである。

今回、ディートリヒ様と私だけでなく、ルリさんやギルバート様も同行する。

一台の馬車に、全員乗り込んだ。ディートリヒ様は二台にして、男女別に行ったほうがいいのではと提案したが、クリスタルが「べつに一緒でもいい」と言ってくれたのだ。

少しは馴《な》れてくれたのか、と思っていたが――馬車に乗り込んだクリスタルは私の膝に座り、抱きついている。ディートリヒ様には、常に背中を向けている状態であった。

まだ、ぜんぜん馴れていない。

ルリさん曰《いわ》く、これくらいの年齢の子どもは人見知りが激しく、またさまざまなことにおいてこだわりも強いという。

過剰に心配する必要はないらしい。ある程度年齢を重ねたら、解決するとも。
三、四年ほど経《た》ったら、普通に会話するようになるのかもしれない。先の長い話だが、今は仕方がないと割り切るしかないだろう。
なんだか車内の空気がどんよりしている気がする。せっかくの旅行だ。楽しい話をしたい。

「そういえば、ディートリヒ様やギルバート様は、幼少期に降誕祭のマーケットに行かれたことはあるのですか？」

「いや、行った記憶はないな。なあ、ギルバート？」

「そうですね。年の瀬は、どうしても忙しいみたいで」

「メロディアはどうだったのだ？」

「実は、うちの両親も降誕祭のシーズンは繁忙期でして」

降誕祭のお楽しみは、贈り物の交換である。靴職人だった父のもとには、注文が多く寄せられていたのだ。

「庶民の間で靴は特別なもので、年に一度か二度しか買えなかったのです。だから、毎年、降誕祭前になると父は工房にこもって、ひたすら靴を作っていました」

皆、私の話を気の毒そうな表情で聞く。しかし、降誕祭のシーズンは、毎年楽しく過ごしていた。

「父が勤める工房に持って行く差し入れのお菓子やサンドイッチを作ったり、ちょっとした作業を手伝ったり。そのたびに、父が喜んでくれて。それが嬉《うれ》しくって、楽しい思い出として残っているのかもしれません。他の家ではごちそうを食べて、贈り物を交換しあう行事でしたが、我が家にとっては父を助ける行事だったのですよ」

「そうだったのか」

「フェンリル公爵家では、降誕祭は何もしないのですか?」

「ギルバート、両親がいた時代も、特に何もしていなかったな」

「ええ。貴族の降誕祭は、礼拝堂に祈りに行ったり、晩餐会《ばんさんかい》に参加したり、年に一度上演される舞台観劇に行ったりと、主に外である催しが多かったものですから」

ディートリヒ様が犬の姿だったので、降誕祭の催しには参加できなかったのだろう。

ちなみに去年は、結婚式の準備やら礼儀作法の勉強やらで、バタバタしていた記憶しか残っていない。

「なんか、夕食に七面鳥の丸焼きが出てきて嬉しかった記憶は残っていますが。とっても大きくって、びっくりしました。皮はパリパリになるまで焼き目がついていて、お肉はやわらかい上にジューシーで！　今年も、楽しみです」

と、ここでハッとなる。私ばかりお喋《しやべ》りしてしまった。クリスタルは退屈ではなかったか。顔を覗《のぞ》き込む。

オーバーラップ文庫&ノベルス NEWS
文庫注目作
暗殺者《モブキャラ》で世界最強!!
暗殺者である俺のステータスが
勇者よりも明らかに強いのだが4
著：赤井まつり　イラスト：東西
ノベルス注目作
過去の人生で得たスキルを思いっきり発揮します！
ループ7回目の悪役令嬢は、
元敵国で自由気ままな花嫁生活を満喫する2
著：雨川透子　イラスト：八美☆わん
2102 B/N

「ママ、降誕祭の七面鳥の丸焼き、楽しみだね」

「ええ！　今年は、一緒に作りましょう」

「え、作るの？　自分達で？」

「そうですよ。私はクリスタルと同じ年頃から、七面鳥の丸焼き作りの手伝いをしていました」

「クリスタルも、できる？」

「できます」

「どうやって作るの？」

「まず、七面鳥のお腹《なか》の中にたっぷりジャガイモとタマネギ、キノコを詰めて、糸で縫っていくんです。そのあと、香辛料で味をつけて、こんがり焼くだけです」

「わー、楽しそう！」

クリスタルにとって退屈しない話だったようだ。ホッと胸をなで下ろす。

それからしばらく経たないうちに、クリスタルは眠ってしまった。旅行を楽しみにするあまり、今日はずいぶんと早起きだったのだ。

「奥様、だっこを代わりましょうか？」

「いいえ、大丈夫ですよ」

「でしたら、上着を脱ぎます？」

「あ、クリスタル、寒いですかね？」

「いいえ、奥様が暑いかと思いまして」

「暑い？」

「眠る子どもは、体温が高くなりますから」

「あ――そうなんですね。でも、大丈夫です」

ルリさんの言葉に、どきっとしてしまった。たしかに、熟睡する子どもの体は温かい。

慈善活動で孤児院にいったときも、眠る子どもを抱き上げたときに体が熱っぽくて驚いたものだ。

風邪を引いて発熱しているのかと思いきや、シスターは眠る子どもはこんなものだと話していた。

一方で、抱きしめたクリスタルは――温《ぬく》もりはない。感じるのは、体重だけ。

その体重も、同じような年頃の子どもに比べて、ずいぶんと軽いような気がした。

「奥様、どうかなさいましたか？」

「い、いいえ、なんでも、ありません」

「そうですか」

どくん、どくんと胸が鼓動する。

クリスタルが人間ではないことは、以前から想像していた。

それなのに、いざこうして普通の子どもとの違いに気づくと、酷《ひど》く動揺している。

きっと私は心のどこかで、クリスタルはどこからか迷い込んできた人間の子どもだと思い込んでいたのだろう。

別に、クリスタルが精霊や妖精だからといって、恐れる気持ちはない。ただ、この先ずっと彼女と一緒にいられるのか、不安になってしまった。

精霊や妖精は人間とは寿命が異なり、また生きられる環境も違うという。人間のように病気に罹《かか》ることはないが、別の問題が生じるかもしれないのだ。

私は、クリスタルのためにどれだけのことをしてやれるのか。じわじわと胸が不安で満たされていった。

一日目は、途中にある町で一泊する。ディートリヒ様が街中を歩いたら驚かれるので、宿の一階部分にある馬小屋から入ってくるらしい。お世話はギルバート様にお任せした。

私とルリさん、クリスタルは先に部屋で休ませてもらう。

「ママ、お宿は、どんなお部屋かな」

「楽しみですね」

手を繋《つな》いで宿の応接間《ロビー》を歩いていると、老夫婦が声をかけてくる。

「あら、可愛《かわい》らしいお嬢さんだね」

「いくつだい？」

「四歳です」

クリスタルは恥じらいながらも、老夫婦の質問にハキハキと答える。

「そうか、そうか。四歳か。今日は、お父さんとお母さんと、旅行かい？」

「はい。降誕祭のマーケットに、いくの」

「おお、おお、そうか。賢いお嬢さんだ」

「うちの孫も一緒の年だけれど、ここまで会話は成り立たないわ。本当に、賢いお嬢さんだこと」

老夫婦の言葉の意味がわからなかったからか、クリスタルは首を傾《かし》げていた。

やはり、彼女は同じ年頃の子どもよりも、しっかりはっきりとした受け答えができるようだ。

出会ったばかりの頃はカタコトだったが、最近はいろんな人とお喋りしているからか、言葉遣いはぐっと上手《うま》くなったような気がする。

「お相手をしてくれて、ありがとうね」

老夫婦が手を振ると、クリスタルは遠慮気味に手を振り返した。

「おじいさん、おばあさん、じゃあね」

「またね、お嬢さん」

「お話してくれて、ありがとう」

老夫婦と話している間に、ルリさんが手続きをしていたようだ。

「二階の部屋です」

「お部屋に、露台《バルコニー》はあるかな？」

「部屋に行って、見てみないといけませんね」

「うん！」

私とクリスタル、ルリさんが一泊するお部屋は、広い居間に寝室がふたつ、広い風呂場がある贅《ぜい》沢《たく》な部屋だった。きっと、町でもっとも上等な宿を取ってくれたのだろう。

クリスタルが期待していた露台も、しっかりあった。

「ママ、見て！　露台、パーティーができそうなくらい広いよ！」

「本当！」

ディートリヒ様が寝転がっても余裕があるくらい、広く立派な露台だった。

目の前には雪化粧された山々が並び、夕日に照らされて赤く色付いている。

景色に見とれていたら、ルリさんが優しい声でクリスタルに問いかける。

「クリスタル様、今からティーパーティーをなさいますか？」

「したい！」

少々寒いが、紅茶を飲んだら体が温まるだろう。

クリスタルと共に山の数を指折り数えていたら、ルリさんが紅茶とお菓子を持ってきてくれた。

「わあ、メレンゲ焼きだ！　クリスタル、これ、大好き」

「よかったですね」

夕食前なので、お腹に溜《た》まらないお菓子を選んでくれたのだろう。

クリスタルは自分が食べるよりも先に、私の口元へメレンゲ焼きを運んでくれた。

「ママ、あ～ん」

「あ～ん」

メレンゲ焼きは口の中でホロッと溶ける。サクサクしていて、とってもおいしい。

今度は、クリスタルの口にメレンゲ焼きを持っていく。

「クリスタル、あ～ん」

「あ～ん！」

クリスタルは頬に手を当てて、実においしそうにメレンゲ焼きを食べていた。

「ママ、夕日、とってもきれい」

「ええ、きれいですね」

「クリスタル、明日も、明後日《あさって》も、明明後日《しあさって》も、ずっとずっとママと一緒に夕日を見たい」

「ええ、ずっとずっと、一緒に見ましょう」

どうしてか、涙が溢《あふ》れてくる。我慢できなくて、頬に伝う瞬間にクリスタルをぎゅっと抱きしめてしまった。

「ママ、どうしたの？　泣いているの？」

「クリスタルが、可愛いので、涙が溢れてきてしまいました」

「大丈夫だよ、ママ」

そう言って、クリスタルは私の背中を優しく撫《な》でてくれた。


夕食は三階にあるレストランで取るようだ。

露台でティーパーティーをしていたので、私はレストランに行く前に狼化してしまった。

あとで、ルリさんが食事を持ってきてくれるらしい。

私は独り、部屋に取り残されている。クリスタルはルリさん、ギルバート様と一緒にレストランに向かってくれたのだ。

最初は「ママも一緒がいい」と言っていたが、ルリさんが「私とご一緒してくれませんか？」と頼み込むと折れてくれたのだ。

ルリさんと手を繋いで去っていくクリスタルを見つめていると、早くも親離れをしてしまったのかと切ない気持ちになってしまった。

薄暗い部屋で、お腹がぐーっと鳴った。さすがに、メレンゲ焼きを食べただけではお腹は膨れなかったようだ。

ルリさんが軽食か何か用意しておこうかと提案したものの、二時間くらいだったら待てると思ったのだ。

狼の姿では、そこまで待てができないのだろう。しばし、我慢するしかない。

居間でぼんやりしていると、カリカリカリと窓を刃物のような何かで引っ掻《か》くような音が聞こえた。異音を耳にした瞬間、総毛立つ。

――もしかして、泥棒《どろぼう》？

部屋の主《あるじ》がレストランに行っている間に、忍び込むつもりか。

返り討ちにしてやる。そう思って立ち上がり、ぐるぐると唸《うな》る。

すると、窓の向こう側からか細い声が聞こえた。

「メロディア、私だ！　決して、怪しい者ではない！」

「わう？」

聞き慣れた声。そして、近づくと感じる安心する匂い。

口でカーテンを開くと、露台にディートリヒ様の姿があった。どうやら、隣の部屋から伝ってやってきたらしい。

前脚で鍵を開けると、ディートリヒ様は中へ入ってきた。

「さすがに、夜は冷えるな」

「わう、わうー」

よくよく見たら、ディートリヒ様の毛並みに雪が付いていた。いつの間にか、雪が降っていたようだ。ディートリヒ様がぶるぶる震えると、雪がぶわりと舞った。薄暗い部屋に、淡い光の粒が散ったように美しかった。

「わう、わうわうー！」

ディートリヒ様は私の言葉がわからないので、首を傾げていた。わうわうしか鳴けないこの姿が、この瞬間ばかりは非常に空《むな》しい。

まあ、私が毛皮についた雪を払う様子が美しかったなんて言ったら、ディートリヒ様は雪まみれになった状態で私の前に現れかねない。この感動は胸の中に収めておいたほうがいいのだろう。

「メロディア、干し肉を持ってきたぞ！」

ディートリヒ様が携帯していたおやつ、干し肉を持参してきてくれたようだ。

「月見干し肉でも楽しもう！」

月見干し肉なんて、初めて聞く。いつも、ディートリヒ様の突拍子もない提案に、私は笑ってしまうのだ。今は狼の姿なので、「わうわう」という鳴き声しかでなかったが。

ディートリヒ様と一緒に、夜空を眺めながら干し肉を食べる。なんて幸せなひとときなのか。

うっとりしながら、ディートリヒ様のモフモフな毛並みに寄り添った。

が、そのあとまったくの想定外の事態となる。

戻ってきたルリさんが、干し肉の入った紙袋を見て悪魔の形相《ぎょうそう》となったのだ。

「この干し肉は、塩分が強いものではありませんか？」

ルリさんは紙袋を手に取り、パッケージを鋭い目で確認する。地を這《は》うような低い声で「やっぱり」と呟《つぶや》いていた。

「この干し肉は、塩分が強くてお体に悪いものです。私、減塩タイプの干し肉を買っていましたよね？　あれはどうしたのですか？」

「いや、減塩タイプは、味が薄くて、おいしくない。私はこの干し肉が好きなのだ」

「これは味が濃すぎて、お体に悪いものなんですよ！」

ギルバート様はクリスタルの目を手で覆っていた。怒るルリさんは子どもに見せてはいけないのだろう。ギルバート様は途中でクリスタルを抱き上げ、寝室へと消えていった。

「もしかして、奥様も召し上がったのですか？」

「わ、わうー」

「喉が渇いているのでは？」

「わううう」

言われてみれば、酷く喉がカラカラだ。ルリさんが差し出してくれた水を、がぶ飲みしてしまう。

「いったいこれを、どこで入手したのですか？」

問い詰められたディートリヒ様は、明後日の方向を向いた。実に、気まずそうな表情となる。

「旦那様が買ったわけではないですよね？」

ディートリヒ様はルリさんと目を合わせないようにしていたが、回り込まれてしまう。

「もしかして、ギルバート様が買ってきたのですか？」

「ち、ちちちち違う！　ギルバートは悪くない！」

「なるほど。ギルバート様が買ってきたと」

「い、いいや！　私が買いに行った干し肉だ！」

「犬の姿で、首に財布でもぶら下げて買いに行ったというのですか？」

「そ、そうだ！」

犬のディートリヒ様がはじめてのお買い物をする様子を想像したら、非常に和んだ。しかし、今は妄想をしている場合ではないだろう。

「諸悪《しょあく》の根源《こんげん》は、ギルバート様なのですね」

「違う！　ギルバートを、怒らないでくれ！」

おそらく、ディートリヒ様が塩分強めの干し肉を食べたいと望み、ギルバート様が買いに行ったのだろう。ルリさんもそれを見抜いているが、ディートリヒ様は必死に隠そうとしていた。

「悪いのは、私だ！　ギルバートを責めないでくれ！」

ルリさんは盛大なため息をつく。これで終わりかと思いきや、寝室からギルバート様が登場した。

「兄上は悪くありません！　干し肉を買いに行ったのは、この私です！」

お互いにかばい合うなど、なんて美しい兄弟愛なのか。私はそう思ったが、ルリさんにはギルバート様の熱い訴えは胸に響かなかったようだ。

「ギルバート様にも、前に、説明しましたよね？　旦那様がお気に召している干し肉は、塩分濃度が高くお体に悪いと」

「ええ、確かに説明を受けました。しかし、今回ばかりは楽しい旅行。おやつとして携帯してもいいのではと思った次第で」

「あなたのその行動が、敬愛する旦那様の寿命を縮める結果となっているのですよ」

「そ、そうですが、おいしいものを食べて、心から楽しんでほしいと――」

ここで、ディートリヒ様がルリさんとギルバート様の間に割って入る。両者を交互に見ながら叫んだ。

「私のために、喧嘩《けんか》などするな！」

ディートリヒ様を巡って言い合いをするふたり――あ、これ、ロマンス小説で読んだことある、と思ってしまった。

「今宵《こよい》の行いを反省し、以後は減塩タイプの干し肉を食べるとしよう。だから、ギルバートを許してはくれないだろうか？」

ここまで言われたら、ルリさんであっても何も言えなくなる。深々と頭を下げ、「承知いたしました」と言葉を返していた。

「もう少しで旦那様と奥様の料理の準備が整うようです。もうしばしお待ちを」

ルリさんが部屋から去ったあと、ディートリヒ様はギルバート様に謝った。

「ギルバート、すまなかったな。私のせいで、お前まで怒られてしまった」

「いいえ、私はいいのです。むしろ、私が謝らなければいけないかと」

「どうしてだ？」

「私は体に悪いとわかっていながらも、兄上が望む干し肉を買ってきたものですから。あのとき兄上を止めていたら、こんなことにはならなかったなと思いまして」

「気にする必要はまったくない。おかげで、メロディアと楽しい夜を過ごせた。ギルバート、ありがとう」

「兄上……！」

兄弟のイチャイチャを邪魔してはいけないと思い、足音を殺しつつ寝室に向かった。

寝台に飛び乗った。クリスタルは一日中移動で疲れたのか、ぐっすりと眠っている。

「ん……ママ……！」

夢の中にも、私が登場しているのか。光栄なお話である。

いったいどんな夢をみているのやら。朝までゆっくりおやすみと、心の中で声をかけた。


二日目は気持ちがいいくらいの快晴であった。

長時間の移動を経て、降誕祭のマーケットが行われるキルシュガルにたどり着く。

石畳の道は年季が入っていて、でこぼこで少し歩きにくい。だが、これも味があっていいなと思う。街中には、緑が溢れていた。家と家の間を隔てるのも、レンガではなく樹木を並べて生け垣を作っている。どこか温もりのある街並みで、貴族が癒やしを求めてこの地にやってくるのも納得してしまった。

昼間にもかかわらず、街は人で溢れていた。貴族だけでなく、観光客や商人など、たくさんの人達が降誕祭のマーケット目当てに集まっているようだ。

「メロディア！」

ディートリヒ様が私の腕を軽く銜《くわ》え、傍《そば》に引き寄せる。前が見えないほど荷物を持った商人が、小走りで迫っていたようだ。

「危ないな」

「で、ですね」

クリスタルははぐれないよう、ギルバート様が抱き上げている。その傍を、ルリさんが守るように歩いていた。

ギルバート様が、優しく声をかけている。

「クリスタルさん、怖くないですか？」

「うん、こわくない」

「怖くなったら、言ってくださいね」

「ん、わかった」

昨日、レストランに一緒に行ってからというもの、クリスタルはギルバート様とも打ち解けていたようだ。その様子を、ディートリヒ様はひたすら羨ましそうな目で見つめている。

「なぜ、私には懐かないのか」

「ディートリヒ様、時間の問題なので、今は気にしないほうがいいかと」

「そ、そうだな」

そんなディートリヒ様は、街中で目立ちまくっていた。巨大犬の中でもひときわ大きく、目を惹《ひ》く美しい毛並みを持っているからだろう。怖がっている人はいないようで、ひとまず安堵《あんど》した。

中央街のほうには、降誕祭の雑貨を売る露店が並んでいるようだ。

本番は夜と聞いている。人混みは倍以上になるらしい。そうなったら、クリスタルがゆっくり見て回る余裕などないだろう。私も狼の姿になってしまうし。

この街の広場は、大きな噴水を中心に円形に形造られていた。噴水の周囲を、幾重にも囲んで雑貨や食べ物を売るお店が並んでいる。

ギルバート様はクリスタルを抱っこから、肩車にかえたようだ。

「肩車のほうが安定していますし、人とぶつからないと思いまして」

クリスタルは視界が高くなったのを、目を輝かせながら喜んでいた。

「メロディア、メロディアは、私に跨《また》がっていいぞ」

「えーっと、すみません。目立ってしまいそうなので、自分で歩きます」

「そ、そんな!」

ディートリヒ様にぐっと接近し、耳元で囁《ささや》く。

「ディートリヒ様、あまり喋らないでくださいね。また、私が低い声を出していると疑われてしまうので」

「そ、そうだな。その節はすまなかった」

広場の人出は、街の入り口付近ほど混んでいなかった。思っていたよりもゆっくり散策できそうで、ホッと胸をなで下ろす。

降誕祭では、トナカイという架空の生き物に引かせたソリに乗ったサンタクロースというおじさんが、子どもに贈り物を運んでくれる。そのため、マーケットではトナカイとサンタクロースを模した雑貨が多く売られていた。

「クリスタル、欲しいものがあったら、言ってくださいね」

「うん！」

これまで働いた給料は取ってある。クリスタルが望むものをすべて買ってあげよう。そんな心意気で、大金を手にやってきたのだ。

「トナカイのぬいぐるみ、ほしい！」

クリスタルが指差した先には、トナカイのぬいぐるみを専門に売るお店があった。ギルバートが近づき、クリスタルを降ろしてやる。

ディートリヒ様はクリスタルの背後に立ち、誰も近づけないようにしていた。そんなことをしたら、他のお客さんも近づけないだろう。

店主のほうをチラリと見たら、すかさずルリさんがチップを手渡していた。さすがの心遣いである。私はしゃがみ込み、クリスタルに話しかけた。

「クリスタル、どれがほしいのですか？」

「迷う。どの子も、かわいい……！」

噛《か》みしめるように言っていたので、笑ってしまう。思わず、ぎゅっと抱きしめてしまった。

「店主、この店のトナカイのぬいぐるみを、すべて売ってくれ!!」

ディートリヒ様がそんなことを叫んだので、慌てて口を塞いだ。何を言っているのか。

人混みでは喋らないという約束も、すっかりぽんと忘れてしまったようだ。

「これにする！」

クリスタルが選んだのは、中くらいの大きさのぬいぐるみだった。持ち歩くのは難しい。ギルバートが持ち歩き用に小さなぬいぐるみも買い、クリスタルに手渡した。

「あ、ありがとう、ギルバート」

「どういたしまして」

ギルバート様はにっこり微笑《ほほえ》み、クリスタルの頭を優しく撫でた。

その背後で、ディートリヒ様はぶるぶる震えていた。自分も、あのようにクリスタルと交流したいのだろう。しかし、クリスタルはいまだディートリヒ様に心を許していない。今のところは、距離感を大事にしてほしい。

「ううううう……」

何か喋りそうになったので、ディートリヒ様をジロリと睨《にら》みつける。それに気づいたディートリヒ様は、私が想像もしない言葉を発した。

「わんわん!!」

明らかに犬らしくない「わんわん!!」である。何か叫びたかったのだろうが、「わんわん!!」は止《や》めてほしいと切実に思った。

「ああ、すみません、義姉上《あね》。兄上に、結界をかけますね」

ギルバート様が魔法を展開させる。ディートリヒ様の周囲に、青い魔法陣が浮かんでパチンと弾《はじ》けた。

「これで、兄上が喋っても、誰も気にしないはずです」

「ギルバート様、ありがとうございます」

「もっと早く気づけばよかったですね」

「いえいえ。今からでも、大変ありがたいです」

これで、ディートリヒ様が突然叫んでも安心だろう。

クリスタルが購入した中くらいのぬいぐるみは、布に包んでディートリヒ様の首に巻き付けた。ディートリヒ様はクリスタルが買い物した品の荷物持ちができて上機嫌である。

クリスタルはトナカイのぬいぐるみの他に、星のオーナメントに、蜂蜜のキャンドル、夜空のステンドグラス・キャンドルホルダーに、サンタクロースのくるみ割り人形を買った。

クリスタルが何か買うたびに、ディートリヒ様は荷物持ちを名乗りでる。おかげで、首にはたくさんの荷物がぶらさがっていた。何度か手伝おうかと申し出たが、荷物持ちの役目を誰にも渡したくないと言われてしまった。

雑貨を売るお店の通りを抜けると、食べ物を売る屋台の並びになる。

降誕祭でしか食べられないたっぷり粉砂糖をまぶしたパンに、鳩《はと》の丸焼き、串焼き肉に、果物と生クリームを包んだクレープ、香辛料たっぷりのワインなどなど。

「クリスタル、何か食べますか？」

「食べる!!」

ギルバート様は物珍しそうに屋台を眺めていた。普段、こういうところには来ないのだろう。

「これだけあると、迷いますね」

「ですね。ギルバート様はどんな食べ物がお好みですか？」

「そうですね……迷います。何か、マーケットで有名な食べ物とかあるのですか？」

「それだったら、アレですね！」

マーケットといえば、断然揚げイモ串である。リンゴのソースをかけて食べるのが定番だが、今はいろいろな種類のソースがあるようだ。

「ソースは五種類。リンゴソースにベリーソース、赤ワインソースにナッツソース、ホワイトソースですって」

クリスタルはリンゴソースにするようだ。ルリさんは赤ワインソース、ギルバート様はナッツソース、ディートリヒ様はベリーソース。私はホワイトソースにした。

注文してすぐ、イモを揚げてくれる。大鍋に味付けした衣をまとわせ、油の中にとぷんと投下された。ジュワジュワと、イモが揚がっていく。調理工程を、ギルバート様に肩車されたクリスタルは楽しそうに見つめていた。

揚がったイモに串が打たれ、ソースに絡めた状態で差し出された。ここで、クリスタルは肩車から降ろされる。嬉しそうに、イモ串を受け取っていた。

ギルバート様とルリさんは、イモ串を握ったまま呆然《ぼうぜん》としている。

「早く食べないと、ソースが垂れてしまいますよ」

「え、ここで食べるのですか!?」

「そうですよ」

どうやら、ギルバート様とルリさんは食べ歩きは初めてらしい。もちろん、ディートリヒ様も。

「屋台の楽しみはできたてを食べることにあるんです」

「そ、そうなのですね」

クリスタルは豪快にかぶりついていた。

「お、おいしーい!!」

お腹が空《す》いていたのか、どんどんパクパク食べていた。一分と経たずに、平らげる。

「クリスタル、口にソースが付いていますよ」

「えへへ」

ハンカチで拭いてあげようとしたが、二本のイモ串を持っているので手が離せない。すかさず、ルリさんがハンカチでクリスタルの口元を拭ってくれた。

「ギルバート様とルリさんも、召し上がってください。とってもおいしそうですよ」

「ええ」

「いただきます」

ギルバート様とルリさんも、ためらいつつ食べていた。

私はしゃがみ込み、ディートリヒ様にベリーソース味のイモ串を差しだした。すると、パクリと食べる。以前までは人前で食事をしなかったディートリヒ様であったが、吹っ切れたのだろう。平然としていた。実においしそうに、揚げイモを食べている。

「熱っ!! はふはふ……。う、うまいっ!! 甘いソースと揚げイモは合うのかと疑問だったが、しょっぱい味付けのイモとソースの相性は抜群だな」

「そうでしたか」

口周りに付いたソースも、ペロリと舐《な》めていた。そして、私の耳元でそっと囁く。

「食べさせてくれてありがとう。メロディアも、冷めないうちに食べるとよい」

「はい」

ホワイトソースを絡めた揚げイモにかぶりつく。衣はサクサクで、イモはほっくり揚がっていた。

ホワイトソースは、当然ながらよく合う。とってもおいしかった。

「クリスタル、次は何を食べましょうか」

「あれ、食べたい!」

ギルバート様に肩車されたクリスタルが指差したのは、巨大なソーセージをパンに挟んだもの。

これも、マーケットの定番だ。

以前母が、「王都のものより、キルシュガルで食べたもののほうがおいしかったわ」と言っていた。なんでも、使われるソーセージは、伝統的な製法で作られるらしい。王都で売っているものは、キルシュガルのソーセージを真似《まね》したものだったのだろう。

「大きいので、女性陣は三分の一ずつで、男性陣は半分こにしてもらいましょうか」

ひとり一個食べたら、お腹いっぱいになるだろう。せっかくの屋台街なので、いろいろ食べ歩きたい。

「では、そのように注文しますね」

「ルリさん、お願いします」

ここも、注文したら焼きたてのソーセージを挟んでくれる。パンからはみ出るほどの大きなソーセージを挟み、トマトソースを垂らす。男性陣のものには、マスタードソースがかけられていた。

「クリスタル、どうぞ」

「ママ達は、どこを食べたい？」

三等分したソーセージパンは、大きさが均等ではない。その辺を気にして私達に聞いてくれるなんて、いい子過ぎるだろう。

「クリスタルが好きなところを食べてください」

「いいの？」

「ええ」

端っこのパンとはみ出たソーセージに手を伸ばしたものの、途中で引っ込める。眉間に皺《しわ》を寄せ、真ん中のパンとソーセージが小さいものを取ろうとしたのだ。

「クリスタル、端っこを食べてもいいのですよ？」

「でも、わたしがはしっこを食べたら、ママかルリのどちらかが、まんなかを食べなくてはいけなくなる」

なんてことだ。私とルリさんに端っこを譲るために、我慢するなんて。いじらしい様子を見せるクリスタルを、ぎゅっと抱きしめたくなった。ソーセージパンで手が塞がっているので、できないけれど。

「クリスタル、あなたは、好きなところを食べてください」

「で、でも……」

「私が、真ん中をいただきます」

ルリさんが真ん中を所望しているという。クリスタルは目を丸くし、ルリさんを見上げていた。

「ルリ、たくさん食べたくないの？」

「私は、他の屋台の料理も食べたいので、ソーセージパンは少しでいいのです」

「ルリ、ありがとう！」

本当に、優しい子だ。涙が出てしまいそうになる。それは、私だけではなかったようだ。

「クリスタル、私のソーセージパンも食べよ！」

「兄上、私達のはマスタードが塗ってありますので」

「だったら、店ごと買うぞ！」

とんでも発言だったが、クリスタルは面白かったようだ。くすくすと、笑い始める。

「ギルバート、クリスタルが笑ったぞ」

「ええ。可愛らしいですね」

「ああ！」

とろけそうな表情でクリスタルを見つめるディートリヒ様とギルバート様はさておいて、温かいうちにソーセージパンを食べる。

まずは、クリスタルが頬張った。

「わー、と――ってもおいしい！」

と――ってもおいしいソーセージパンを、私も食べてみた。

香ばしく焼かれたパンは、皮はパリッと。中の生地はもっちり。ソーセージは、噛んだ瞬間驚いてしまう。まず、皮には張りがあり、噛んだ瞬間パキッと音がした。続いて、香辛料が利いた肉汁がじゅわっと溢れてくる。

「うわ、これ、とてつもなくおいしいですね」

口元を手で覆ったルリさんも、コクコクと頷《うなず》いていた。

ディートリヒ様はギルバート様に食べさせてもらっていた。口にした瞬間、目がカッと見開き、尻尾を元気よく振っていた。

ギルバート様も、かぶりついたあと驚いたような表情を見せていた。

「さすが、本場の味です。母が言っていた通り、王都で売っているものとはぜんぜん違います」

ソーセージが焼きたてだから、余計においしいのだろう。貴族の食卓ではお目にかかれないごちそうだと、ギルバート様も評していた。

「よし、次、行きましょう！」

それから、クリスタルが食べたいと言うものを、次々と食べ歩いた。

スパイスで炒《いた》めたキノコに、炙《あぶ》り魚、揚げ魚、揚げカリフラワーのチーズがけ、焼き栗《ぐり》に焼きナッツ、リンゴのチョコレート絡めなどなど。お腹いっぱいになった。今にもはち切れてしまいそうである。

最後に、開けた場所に机と椅子が用意されていた。ここでは飲み物が販売され、ゆっくり飲めるようになっている。

マーケットといえば、香辛料たっぷりの赤ワインが有名である。しかし、他にも飲み物がたくさんあるようだ。

クリスタルはリンゴジュースに生クリームを絞ったものを選んだ。私は王道の香辛料入りの赤ワイン。ルリさんは白ワインに香辛料を入れたものを選んだようだ。ギルバート様はチョコレートを溶かして飲むショコラ・ショーを頼んでいる。ディートリヒ様は温かいビールを選んでいた。

飲み物にはカップ代が含まれており、持ち帰ることができるらしい。不要な場合は、カップを返しに行くと差額を受け取れるようだ。

マーケットで出されるカップは、この日のために作られたものである。種類もさまざまで、クリスタルのカップにはトナカイの絵柄が描かれていた。クリスタルが持つのも、私のカップと同じものである。

「ママ、見て！　トナカイ、可愛い！　ママと、お揃《そろ》いだね」

――トナカイよりも、クリスタルが可愛い！

わしわしと頭を撫でたい衝動を我慢し、唇をきゅっと噛みしめる。

ルリさんのカップには星空、ギルバート様のカップには雪が降り積もった木々、ディートリヒ様のカップにはサンタクロースが描かれていた。

「メロディア、私のカップには、派手な服装のおじさんが描かれているぞ」

「ディートリヒ様、そちらはおじさんではなく、サンタクロースですよ」

「サンタクロース？」

「降誕祭の晩、子ども達の家に贈り物を運んでくれる、不思議な存在です」

「どこぞの家の当主が自主的にしている、慈善活動なのか？」

「違います」

ギルバート様に、サンタクロースの概念をしっかり教えておくようにお願いしておいた。

どうやら、すべてのご家庭に降誕祭が浸透しているわけではなかったようだ。

降誕祭の飲み物を楽しみ、カップは当然持ち帰る。

「と、散策はこんなものですかねえ」

クリスタルに買い忘れはないのかと問いかけると、大丈夫だとばかりにこくんと頷いていた。

「じゃあ、宿に行きますか！」

今日は早めに、本日宿泊する宿に向かった。

宿へは馬車で向かう。草原を抜け、小高い丘のほうへと上り、森の中を進んでいく。

たどり着いた先は、水路に囲まれた古城だった。

キルシュガルの郊外に建てられた立派なお城を、仰ぎ見る。年季の入った煉瓦《れんが》のお城で、尖塔《せんとう》が天高く突き出ていた。かつて、ここが軍の拠点にもなっていたようだ。

「五百年ほど前に建てられた、ある貴族が所有していた城だそうです」

百年ほど前に売り出され、ある商会が買い取った。以降は宿泊施設として、貴族の間で人気を博しているらしい。

古城の前で馬車から降り、古きよき跳ね橋を通るようだ。手すりはあるものの、水路までけっこうな高さがある。膝がガクガク震えてしまったのは内緒だ。

ギルバート様に抱っこされて跳ね橋を通ったクリスタルは、「高い！」と叫び、表情を綻ばせていた。楽しそうで、何よりである。

門の前に、燕尾服《えんびふく》姿の男性が佇《たたず》んでいる。この宿の支配人らしい。

「いらっしゃいませ。ようこそおいでいただきました」

荷物などはすでに宿泊する部屋に届けられているらしい。クリスタルと手を繋ぎ、辺りの様子を楽しみながら先へと進む。

支配人が古城宿についていろいろ教えてくれた。宿泊可能な部屋は全部で三十ほど。一番人気はかつての城主が使っていた部屋だという。

「今日は城主の部屋を予約しました。女性陣で、ゆっくり滞在してください」

「私達が使ってもいいのですか？」

「ええ」

ディートリヒ様とギルバート様は、隣にある護衛騎士の部屋に泊まるようだ。

「一階ラウンジにはベリーパイが名物の喫茶店《カフェ》、二階には図書室《ライブラリ》、五階には展望レストランがございます」

今日こそは、家族みんなで食事を取りたい。そんな希望もあり、早めに宿に戻ったのだ。

食べ歩きをしたばかりなので、正直お腹は空いていない。支配人に女性陣の食事は全体的に少なめで、と伝えておいた。

螺旋《らせん》階段を上り、城主の部屋を目指した。なかなか急な階段だったので、クリスタルはギルバート様に抱き上げて運んでもらう。

「さ、最近書類仕事ばかりだったので、息切れが……！」

「奥様、大丈夫ですか？」

「ル、ルリさんは、平気そうですね」

「毎日、庭を三周ほど駆け回っておりますので」

「な、なるほど」

王立騎士団にいたときは毎日体力作りに明け暮れていた。フェンリル騎士隊では、主に魔法書の解読や古代文字の翻訳などを行っていたので、すっかり体が鈍っていたのだろう。

ルリさんみたいに、毎日運動をしなくては。

「あと十段……五、四、三、二、一、よいしょっと！　ついた！」

ようやく、最上階にたどり着く。ここで、ディートリヒ様やギルバート様と別れなければならないのだろう。ディートリヒ様は潤んだ瞳で、私を見上げていた。

「メロディア……」

「兄上、私達の部屋はこっちですよ」

「わ、わかっている」

去りゆくディートリヒ様を、手を振って見送った。

「ママ、こっちだよ」

「はいはーい」

城主の部屋は、豪華《ごうか》絢爛《けんらん》だった。古びた外観から想像できないほどである。

「わー、広い！　ママ、露台もあるよ」

「クリスタル、走ったら転びますよ」

城主の部屋の露台は閉め切っているらしい。風が強く、危険なのだとか。

窓から覗き込んだ先は断崖絶壁で悲鳴を上げそうになったものの、景色は絶景。キルシュガルの街の様子も見下ろせる。

大理石の床はピカピカに磨かれ、水晶のシャンデリアはキラキラと輝いている。立派なマントルピースには、魔石灯が点《とも》されていた。火の灯《あか》りは、部屋に温もりをもたらしている。

木目が美しいウォールナットの机には、ウェルカムドリンクであるリンゴ酒が置かれていた。クリスタル用には、リンゴのサイダーが用意してある。

長椅子に腰かけると、部屋つきの給仕係がワインとリンゴサイダーを注いでくれた。

優雅にウェルカムドリンクを楽しんだあとは、すぐに食堂へと向かって食事をいただく。

とにかく早めに食べておかないと、私の狼化が始まってしまうからだ。

皆、それぞれ新しいドレスをまとう。古城宿のメイドさんが、身支度を手伝ってくれた。

クリスタルはローズピンクの可愛らしいドレス。スカートがふんわり広がっていて、まるで妖精のようだ。ルリさんはエナメルブルーのシックなドレス。細身の体にフィットするデザインで、ルリさんのスタイルの良さが際立っていた。私はボトルグリーンの大人っぽいドレス。胸の下が絞られ、スカートがすとんと直線的なのが特徴の一着である。

お腹がいっぱいになるとドレスの締めつけがきついので、これにしてくれと訴えたのだ。スタイルも隠せるし、いいこと尽くめである。

クリスタルの髪は、三つ編みをクラウンのように巻いたハーフアップに。ルリさんは左右の髪を編み込んでお団子を作っていた。

私は三つ編みにして、まとめあげる。花瓶に挿されていた白い薔薇《ばら》を、髪飾りとして髪に挿してくれた。

身支度を終えると、ディートリヒ様とギルバート様が迎えに来てくれた。

ディートリヒ様は黒いタイを巻き、ギルバート様は燕尾服姿でやってくる。麗しい兄弟だ。

ギルバート様はクリスタルの前で片膝をつき、手を差し出す。

「お姫様、私にエスコートさせていただけますか？」

クリスタルは照れながら、ギルバート様の手に指先を重ねていた。

「メロディア、私も、エスコートするぞ」

そう言って前脚を差し出してきたが、私がディートリヒ様の手を取ったら完全に「お手」である。

まあいいかと思い、ディートリヒ様の前脚をぎゅっと握った。

もちろん形だけのエスコートなので、お手状態は一瞬で終わった。

「むう……！　メロディアをエスコートしたいのに」

「お気持ちだけで、十分嬉しいですよ」

「階段は足場が悪いというのに。そうだ！　メロディア、私の耳を掴《つか》んで下りるといい」

「いや、さすがにそれはちょっと……」

「遠慮はいらん！」

「はあ」

そんなわけで（？）私はディートリヒ様の耳をきゅっと握りながら階段を下り、食堂へ向かう。

「わ――!!」

食堂には大きな窓があって、美しい景色を見渡せるようになっていた。クリスタルは上機嫌で、ぴょこぴょこと跳ね回っていた。無邪気なものである。

少し離れたところで、ディートリヒ様が窓枠に前脚をかけ、尻尾を振りながら覗き込んでいた。

「皆、見てみよ。とっても美しいぞ！」

はしゃぐクリスタルとディートリヒ様が、本当の親子に見えてしまったのは気のせいだろう。微笑ましいものである。

貸し切りにしてくれているようで、細長い机には四人分のカトラリーが用意されていた。もちろん、ディートリヒ様用の低い机も用意されている。

料理はクリスタルにも楽しめるものを用意してくれたようだ。事前に、ギルバート様が頼んでくれていたらしい。

前菜はウサギの形をしたニンジンパイ。当然、クリスタルは大喜びである。ニンジンは驚くほど甘かったが、砂糖不使用。甘露ニンジンという、甘い品種らしい。

スープはカボチャのポタージュ。くり抜いた星形のニンジンが、ぷかぷかと浮いていた。これも、クリスタルに大受けであった。見た目の愛らしさはもちろんのこと、味が絶品なのだ。

パンは狼を模《かたど》った、狼パンである。クリスタルがこの日一番の笑顔を見せたのは言うまでもない。

この辺も、ギルバート様が伝えてくれていたのだろう。

魚料理は、白身魚の蒸し焼き、ベリーソース添え。近くにある大きな湖で獲《と》れるらしい。ふっくら蒸し上がっていて、非常に美味だった。

口直しのソルベは、優しいミルク風味。口の中がリセットされる。

肉料理は骨つき肉の炙り焼き。これは、手づかみで食べてもいいらしい。

「ねえルリ。本当に、お肉の骨を摑んで食べていいの？」

「一緒に手を洗う器もでてきた場合のみ、手づかみで食べていいのですよ」

「そうなんだ」

クリスタルは遠慮がちにちまちまとお肉を食べていたが、大人達が食べているのを見て安心したのだろう。次の瞬間には、大きな口を開けてかぶりついていた。

食べ終わったあとは、手先を深皿に満たされた水で洗う。

食後の甘味は、フランボワーズのムース。甘酸っぱくて、非常に美味だった。

最後に、コーヒーと一口大のお菓子が出てきた。チョコレートにマカロン、メレンゲ焼きなど。

お腹いっぱいなのに、ひとつだけと摘《つ》まんだチョコレートが夢のようにおいしくって……！

結果的に、お腹が大変苦しくなってしまった。お腹を締めつけないドレスを選んで大正解だったわけである。

食べ歩きをしてきたばかりだというのに、ガッツリと食べてしまった。旅行から帰ったら、ルリさんと一緒に走り込みをしなければならないだろう。

「あ――！」

クリスタルが指差した先にあったのは、見事な夕日だった。朱に染まった太陽が、ゆっくりゆっくりと沈んでいく。

「きれい」

「ええ、本当に」

うっとりと見つめていたが、ルリさんに「奥様、そろそろ部屋に戻りませんと」と言われてハッとなる。そうだった。太陽が沈んだら、私は狼化してしまうのだ。

「メロディア、急げ！」

「え、ええ」

「私の背中に跨がるとよい」

「それはちょっと……」

「遠慮するな」

「そうですよ、義姉上。兄上に甘えてください」

「でも、跨がったとしてどこを摑めばいいのか」

首に巻いたタイを摑んだら、首が絞まってしまうだろう。毛を摑んだら、換毛期のため抜けそうで怖い。

「だったら、私の両耳を握って跨がるとよい！」

「義姉上、早く」

「奥様、急がれませんと」

「えーっと、じゃあ、お言葉に甘えて」

ディートリヒ様の背中に跨がり、耳を摑む。こういうことをしていいのかという気持ちが、じわじわとわき上がってきた。

「では、ゆくぞ！」

「はい」

ディートリヒ様は軽やかな足取りで、階段を上っていった。おかげさまで、変化の瞬間には布団に潜り込むことに成功する。

「ディートリヒ様、ありがとうございまし――ううっ！」

「メロディア、大丈夫だ！　私がついているから！」

狼化が始まる。以前に比べてずいぶんと慣れたが、変化のさいの体がモゾモゾする違和感だけは受け入れられない。

全身に毛が生え、歯も鋭くなるので仕方がない話であったが。

ちなみに、ディートリヒ様の犬化は魔法なので、一瞬でパッと変わるだけらしい。私もそっちがよかったと思ってしまう。

「ううう……わうううう！」

「メロディア、立派な狼になったぞ」

「わううう」

「耳もピンと立っていて、牙は鋭く、爪も健康的だ！　すばらしいぞ！」

ディートリヒ様が尻尾を寝台にびたん、びたんと叩《たた》きつけながら、盛大に褒めてくれる。

これほど、狼化を受け入れてくれる夫はいないだろう。ありがたいと心から思った。

すっかり太陽は沈み、夜となる。

「メロディア、見てみよ。キルシュガルの街の様子が――！」

「わ、わう――!!」

ディートリヒ様と共に、窓を覗き込む。

街が、星の海のようにキラキラと輝いていた。魔石灯を街中に飾るという話は聞いていたが、これほどきれいなものだとは想像もしていなかった。

「メロディア、美しぃな」

「わう！」

身を寄せ合って、しばしロマンチックな時間を過ごした。

ふたりとも、犬だけれど。愛があるので、姿はどうでもいいのだ。

◇◇◇

楽しかった旅行は終わり――溜まっていた仕事を片付けたり、社交界のお付き合いをほんのちょっと行ったり、クリスタルと遊んだりと、忙しい毎日を過ごす。

そんな中で、王立騎士団からミリー隊長派遣についての返信が届いた。一週間後の午後から、フェンリル騎士隊の任務に参加してくれるらしい。

それに合わせて、マダムリリエールに訪問してもらうために手紙を認《したた》めた。

旅行が終わった辺りから、クリスタルはルリさんやギルバート様との仲を深めたように思える。

三人で遊ぶ様子を柱の陰から羨ましそうに見つめるディートリヒ様には、気づかない振りをした。

どれだけ無害な犬だと主張しても、クリスタルの警戒が完全に緩むことはなかったようだ。

そんなクリスタルを、孤児院に連れて行ってみた。いい意味で、刺激になると思ったのだ。

前日にクリスタルと共に作ったクッキーを持ち、ルリさんを伴って向かう。

馬車の中で、クリスタルが私に質問を投げかけた。

「ママ、こじいんって、何？」

「孤児院は、お父さんやお母さんのいない子ども達が、住んでいる場所なんですよ」

「え？　どうして、お父さんも、お母さんもいないの？」

「それは……いろんな事情があって、いないのですが」

孤児院についての説明は、いろいろ難しい。ちらりとクリスタルのほうを見たら、涙を流していたのでギョッとする。

「クリスタル、ど、どうしたの？」

「ママ、パパ、いないの、悲しい」

「ええ、そうですね」

その気持ちは、大いに理解できる。私も、そうだったから。

クリスタルをぎゅっと抱きしめ、優しく背中を撫でてあげた。

孤児院にやってくると、クリスタルは子ども達と遊び始めた。年下の子どもの面倒も、しっかり見ている。

「意外でした」

「ええ、本当に」

同じ年頃の子達とも、楽しそうに駆けっこをしている。こういうところは苦手な子かな、という印象だったが、すぐさま馴染んでくれた。

「決めつけるのは、よくないですね。これから、いろんな場所に連れて行ってあげなくては」

「そうですね」

クリスタルが笑顔で遊ぶ様子を、ルリさんと共に見守った。

◇◇◇

マダムリリエールとミリー隊長の訪問日となる。

ミリー隊長には一応、事情を説明していたが、改めて話すことにした。

「メロディア魔法兵――じゃなかった。フェンリル公爵夫人、久しいな」

「はい！　あ、メロディア魔法兵でもいいのですよ？」

「公爵夫人を、そう呼べるわけがないだろうが」

「だったら、ふたりきりのときは名前で呼んでください」

「そうだな」

ミリー隊長と微笑み合っていたら、ディートリヒ様が口を挟む。

「トール隊長、私の妻とイチャイチャしないでくれ！」

「イチャイチャ、ですか？」

「そうだ、イチャイチャだ！」

今の会話のどこがイチャイチャだったのか。思わず、額を押さえてしまう。

「それはそうと、本題へ移ろう。この通り、私は再び犬と化し、突如として現れた子がここで暮らしている」

「フェンリル公爵家に現れた子の話は、耳にしておりました」

王立騎士団でも、捜査が行われていたらしい。しかし、フェンリル騎士隊に報告できるような成果は何一つ得られなかったと。

「一ヶ月以上にも亘《わた》り、家族が名乗りでないのは異常である。そのことから、子どもは嬰児交換《チェンジリング》により我が家へやってきたのかもしれないと、疑っているのだ」

「嬰児交換――妖精や精霊の子と人の子を、交換される不思議な現象ですね？」

「ああ」

ただ、嬰児交換が実際に行われていたという記録はない。本人を前にしても、確認のしようがなかった。

「そんな中で、我々は妖精・精霊研究家という怪しい人物と出会った。彼女がもしも本物ならば、助言を受けたい。しかしながら、その者が最高にうさんくさいのだ」

現在、マダムリリエールはこちらからの質問をのらりくらりとかわしている。きっと、精霊石を買わないと、情報は提供しないのだろう。

ただ、その精霊石が高価で、買ってから騙《だま》されたと気づくのは悔しい。

「今日、その妖精・精霊研究家を家に呼んでいるんです。そこで、ミリー隊長に彼女の言葉が嘘《うそ》か本当か、見ていただきたいな、と」

話し終えたあと、ちらりとミリー隊長を見る。眉間に皺を寄せて、難しい表情でいた。

「えっと、無理難題を押しつけて、申し訳ありません」

「いや、いい。たしかに、これまで仕事でさまざまな者達の嘘を見抜いてきたからな。他の者よりは、見抜けるだろうが……。もしも、私の判断が間違っていたら、申し訳ないと思って」

「間違ってもいい。トール隊長がいれば心強いと思って呼んだ。だから、気にするでない」

「ありがとうございます」

と、こんな感じで任務についての説明は終わる。

マダムリリエールの訪問まで時間があるので、クリスタルに会ってもらうことになった。

「怖がられないか心配だが」

「大丈夫ですよ」

だいぶ、人見知りはしなくなっている。きっと、ミリー隊長とも仲良くしてくれるだろう。

部屋で待つクリスタルのもとにミリー隊長を連れていく。すると、ミリー隊長は驚いた表情を見せた。それも無理はないだろう。クリスタルから驚くほど、フェンリル公爵家の特徴を色濃く感じるから。

しかし、ミリー隊長の表情の変化は一瞬だけだった。ミリー隊長はしゃがみ込み、クリスタルに笑顔を見せる。

「はじめまして。私は母君の友達である、ミリー・トールだ」

「ミリー？」

「ああ」

こんな満面の笑みを浮かべるミリー隊長を見たのは、初めてかもしれない。クリスタルが羨ましいと思ってしまった。

一方で、クリスタルはもじもじしながらも、きちんと自己紹介をしていた。

「わたしは、クリスタル」

「クリスタルか。いい名前だ」

「ありがとう！　ママが、付けてくれたの」

それから、クリスタルの緊張は解《ほぐ》れたように思える。

「ミリー、絵本、読んであげようか？」

「いいのか？」

「うん！」

最近のクリスタルのブームは、私やルリさん相手に、本の読み聞かせをすることである。

文字が読めるというよりは、内容をほぼ完璧に暗記しているのだ。

彼女の成長っぷりには、驚くばかりである。

ミリー隊長相手に本の読み聞かせをしている様子を、ほっこりしながら眺めていた。

それから一時間半後に、マダムリリエールが訪問してきた。

ここで、予想外の事態となる。

「やだ！　まだ、ミリーと遊びたい！」

クリスタルはミリー隊長のことを大いに気に入ってしまったようだ。

その気持ちは大いに理解できる。しかし、これからミリー隊長にはマダムリリエールの嘘を見抜いてもらわないといけないのだ。

これまで、駄々をこねるなんてことはしなかったのに。

「どうしてなのでしょうか？」

「奥様、ああいった癇癪《かんしゃく》も、子どもの成長なのですよ」

「そうなのですね」

成長は嬉しい。でも、今は困る。

クリスタルはミリー隊長に抱きついて、離れようとしない。離そうとした瞬間、わんわんと泣き始める。ここまで粘るとは、いったいどうしたものか。

困り果てているところに、ディートリヒ様がやってくる。

「騒がしいな。何かあったのか？」

「クリスタルがミリー隊長にべったりで、離れなくて」

「なるほどな。だったら、クリスタルも同席させるとよい」

「え、いいのですか？」

「ああ。もしかしたら、子どもを前にぺてんを働くことに対し、罪悪感を覚えるかもしれないからな。ちょうどいいではないか」

「なるほど。そういうことですか」

ミリー隊長に事情を話すと、そのままクリスタルを抱き上げる。

「クリスタル、もうしばし、私と一緒にいよう」

「わーい！」

一瞬で、クリスタルの涙は引っ込んだ。すばらしい変わり身の速さである。

「これから、お客さんと会うんだ。大人しくできるね？」

「できる！」

頼もしい返事を聞けたので、そのままマダムリリエールが待つ客間に向かった。

今日は、女装していないギルバート様もいる。ギルバーリンの出番はないようだ。

マダムリリエールは相変わらずの派手な装いで、我が家を訪問していた。クリスタルに気づくと、笑顔で話しかけたのである。

「まあまあ、可愛らしいお嬢さん、初めまして」

友好的な態度で話しかけているが、クリスタルは警戒していた。ミリー隊長のときとは態度が天と地ほども異なる。

「――あら、ワンちゃんは、あなたのワンちゃんだったのね」

マダムリリエールを振り返ると、にっこりと微笑んでいた。

前回はディートリヒ様に対し反応を示さなかったのに、どういうことなのか。やはり、気まぐれな発言だったのか。

頭上に疑問符《はてな》を浮かべる私を余所《よそ》に、クリスタルはもじもじしつつミリー隊長に話しかけていた。

「あの、ミリー、お膝に、座っても、いい？」

「それはもちろん」

ミリー隊長はクリスタルを抱き上げ、膝に座らせていた。何から何まで、本当に申し訳ない。

最後にルリさんがワゴンを押してやってくる。紅茶と焼きたてのクッキーを持ってきてくれたようだ。

マダムリリエールは優雅に紅茶を飲む。ソーサーにカップを置いた瞬間、思いがけない言葉を口にした。

「驚きましたわ。まさか、王都で高位精霊に会えるとは」

「え？」

マダムリリエールはここに精霊がいると言い、クリスタルのほうを見つめていた。

「もっと、はっきり見せていただけないかしら？」

マダムリリエールはそう言って、精霊石らしき宝石がついたペンダントを取り出す。

「まあ！　驚いた。あなたみたいな精霊は、初めて。それに、そのお嬢さんは——本物の子どもではないのね」

「ち、ちがう!!」

「何が、違うのかしら？」

マダムリリエールがにっこり微笑むと、どこからともなく吹いた強い風に襲われた。

「え、ど、どこから風が!?」

茶器は吹き飛ばされ、お皿やクッキーも舞い散る。机が捲《まく》りあがりそうなほどの、強風であった。

私自身も、吹き飛ばされてしまいそうだ。

「メロディア!!」

ディートリヒ様が私の上に覆い被《かぶ》さる。それと同時に、机が舞い上がってこちらに飛んできた。

「ウッ!!」

「ディートリヒ様!?」

私の叫びと同時に、狼の咆哮《ほうこう》が聞こえた。

「クリスタル!?」

ミリー隊長の叫びと共に、風が収まった。

「兄上、大丈夫ですか？」

ギルバート様がディートリヒ様の上に被さる机をどけてくれた。

「あ、ああ」

「ディートリヒ様、大丈夫ですか？」

「心配はいらない」

そして、ミリー隊長のほうを見て驚愕《きょうがく》することとなった。クリスタルの姿が、忽然《こつぜん》と消えていたのだ。

「ミリー隊長、クリスタルは？」

「突然、いなくなった」

ルリさんも目撃していたようで、ミリー隊長の言葉に頷いていた。続けて、情報を付け加える。

「私の見間違いかもしれないのですが、クリスタル様は消える前に、狼のような姿に変化したように見えました」

ミリー隊長も、クリスタルが狼の姿になった瞬間を目にしたという。

「あの狼の咆哮《ほうこう》を、どこかで聞いたことがあるのですが」

「まさか、狼魔女――!?」

ギルバート様は口を手で覆う。たしかに、あの咆哮は狼魔女が姿を消すときに耳にしたものによく似ていた。

ディートリヒ様はハッとなり、ある憶測を口にする。

「まさか、クリスタルは、狼魔女だった？」

「まさか！　狼魔女は、あのとき、私とディートリヒ様で倒したはずです」

「しかし、私のモフ返りを関連づけたらしっくりくる」

クリスタルはディートリヒ様を再び呪い、復讐《ふくしゅう》するために現れた？

そうだとしたら、あまりにも悲しい。

「クリスタルは、いったいどこに行ったのでしょうか？　私、屋敷の中を捜してきます」

「いや、待て。クリスタルの気配は、どこにも感じない」

捜しに行こうとする私を、ディートリヒ様は制止する。結界を張っているので、わかるのだと。

「そ、そう、でしたか」

残念ながら、クリスタルはどこにもいないと。がっくりと、うな垂れてしまう。

「いるとしたら、かつて狼魔女が本拠地としていた場所だろうか？」

「探してみましょう」

すぐに特定できるわけではないが、時間をかけてでも探してくれるという。

「メロディア、ここはギルバートに任せよう」

「は、はい……」

重たい空気になる客間で、マダムリリエールが小刻みに動いていた。どうやら、風で散った精霊石を集めて回っているようである。

「あの、お取り込み中のようなので、わたくしはこれで」

そそくさと撤退しようとするマダムリリエールの首根っこを、ルリさんが容赦なく掴んだ。

「元はといえば、今回の騒ぎはあなたがよからぬ言葉をクリスタル様に向けたことがきっかけだったのです。逃がしませんよ」

「ええ、困るわあ」

マダムリリエールにご協力いただき、知っている情報を根こそぎ話してもらうことにした。

今回の取り調べには、強制力のある令状を使う。これは、相手が完全に悪いと判断した場合にのみ、使われるのだ。

もしも、相手が無罪だった場合にこの令状を使ったら、フェンリル騎士隊といえど処罰の対象となる。そのため、これまではマダムリリエールに使えなかったのだ。

先ほど、マダムリリエールのある一言がきっかけで、とんでもない騒ぎとなった。責任を取って、知っている情報は根こそぎ話していただく。

「そもそも、クリスタルに言った本当の子どもではないというのは、どういう意味なのですか？」

「わからないわ」

「わからない？」

「ええ。あのお嬢さんは、子どもだけれど、本物の子どもとは異なる何かなの」

すっきりしない答えが返ってくる。いったいどういうことだと追及したが、ふんわりとした情報しか出てこなかった。

「質問を変えましょう。マダムリリエール、なぜ、あなたは私達に対して商売をしようと思ったのですか？」

「仲間だと思ったからよ」

「仲間？」

「精霊と仲良くする者同士、理解していただけると思ったの」

「精霊、ですか？」

「ええ。最初にあなた達に興味を持ったのは、大きなワンちゃん精霊を連れていたからよ」

「えーっと、それは、こちらのワンちゃんではなく？」

「いいえ、違うわ。あなた達には、見えていなかったのね」

「白くて大きな狼の精霊が、あなたを守るように侍《はべ》っていたの。あの子はあなたの精霊ではなくて、あの小さな子どもと契約を結んでいるようだったわ」

「クリスタルが、狼の精霊を、従えていたのですね」

大勢の狼を従え、フェンリル公爵家に復讐しようとしていた狼魔女。

そして、同じように狼精霊を従えて、フェンリル公爵家にやってきたクリスタル。

ふたりが同一人物だと決めつけていいものなのか。確証がないので、疑問だけが残る。

「先ほどクリスタルに近づけた精霊石のペンダントは、なんだったのですか？」

「精霊が好む宝石――エメラルドよ。これを見せたら、たいていの精霊は具現化してくれたんだけれど……」

マダムリリエールの予想は大いに外れ、狼精霊は不快感を露《あら》わにするかのように強風を吹かせた。

「こんなの、はじめてだわ」

「どうして、狼精霊は不快感を露わにしたのですか？」

「さあ？　よくわからないけれど、子育て中の獣は、接近する者すべてを排除しようとするでしょう？　本能で、攻撃をしてきたのかもしれないわね」

「なるほど」

一度、ちらりとミリー隊長のほうを見る。こくりと頷いていた。どうやら、嘘を話しているわけではないようだ。

今まで散々マダムリリエールを疑っていたが、彼女は本当に精霊や妖精に詳しい専門家だったわけで……。重ねて、質問を投げかける。

「あの、なぜあなたはうさんくさい商売をしているのですか？」

「研究には、お金が必要だからよ」

「国から支援を受けたら、必要ないのでは？」

「国の支援を受けたら、研究した情報はわたくしだけのものではなくなるの。それが嫌で、個人で研究をしているのよ」

「そういうわけだったのですね」

ようやく、マダムリリエールの怪しい行動の数々が腑《ふ》に落ちた。

「それはそうと、あの子を取り戻しに行くの？」

「私はそのつもりですが――」

ディートリヒ様のほうを見る。同じ気持ちであると、頷いてくれた。ギルバート様とルリさんも、そのつもりのようだった。

「気をつけたほうがいいわ。荒ぶった精霊は、大変危険だから。自然に由来する精霊は、怒りで我を失うと、冷静な判断ができなくなるの」

マダムリリエールの言うとおり、先ほど受けた風はとんでもない威力だった。本気を出したら、どれだけの攻撃を受けるのか。まったく想像できない。

「マダムリリエールは精霊との戦闘について、知識はお持ちですか？」

「ええ、少々ならば」

だったら、この先も彼女の協力は不可欠となるだろう。

クリスタルを取り返すために、深々と頭を下げて頼んだ。

「どうか、クリスタルの奪還に、協力していただけないでしょうか？　お願いします」

私だけでなく、ディートリヒ様やギルバート様、ルリさんやミリー隊長まで頭を下げていた。

マダムリリエールは、朗らかに言葉を返す。

「もちろん、そのつもりよ。精霊との大戦争なんて、ドキドキするわ！」

軽いノリにがっくりとうな垂れつつも、精霊の専門家がいるのは心強い。

クリスタルを連れ戻すために、作戦を考えなければ。

クリスタルは狼《おおかみ》魔女――だったのか。いまだ、確証はないので半信半疑である。

「彼女が狼魔女であったならば、私が警戒されていたのも納得できる」

「どうしてですか？」

「狼魔女に剣を突き立てたのは、私だからな」

「しかし、狼魔女に止《とど》めを刺したのは、私の光魔法でしたよ？」

「いや、メロディアの光魔法は攻撃ではない。彼女にとって、救いだったのだろう」

私の光魔法で狼魔女が救われていたとは、これっぽっちも考えていなかった。

「そう考えれば、納得できるだろう？」

あれからクリスタルについて、さまざまな意見が上がった。狼魔女の残った思念が擬人化したものだとか、亡くなった子どもに取り憑《つ》いたとか、幻術で人の姿に転じているのだろうかとか。

そんな中で、私はクリスタルへの違和感を思い出す。

子どもは体温が高いのに、温《ぬく》もりを感じなかったのだ。しかし、それを口にしてしまったら、クリスタルが狼魔女だと認めてしまうようで恐ろしかった。

クリスタルが狼の姿になると聞いても、いまだに受け入れられないでいる。

ただの子どもだったらよかったのに。そう考えるたびに、胸がぎゅっと締めつけられる。

クリスタルは私にとって、娘同然の存在だったのだ。

「メロディア、あまり、思い詰めるな」

ただ、目をそらしてばかりではいられないだろう。

「ディートリヒ様、もしも、クリスタルが狼魔女だったら――」

「メロディア、今は考えなくてもよい」

「けれど、ディートリヒ様にも関わることです」

ディートリヒ様の犬化の呪いは、おそらくクリスタルの登場と関連している。

「ディートリヒ様の呪いを解くためには、狼魔女を、倒さないといけないのです」

「倒さずともよい。もし、クリスタルが狼魔女だとしても、以前のように誰かを襲っているわけではないだろうが」

「でも、ディートリヒ様は、ずっとそのままの姿なんですよ?」

「よい!!」

人間の姿に未練はないような、はっきりとした「よい!!」であった。しかしながら、それは強がりにも見える。

本心では、人間に戻りたいと望んでいるに違いない。

「メロディア、以前も話していたと思うが、私は本当にこのままの姿でも構わないのだ」

しゃがみ込んで、ディートリヒ様の目を覗《のぞ》き込む。まっすぐな、青い瞳だった。嘘《うそ》を吐《つ》いているようには見えない。

「家族は、私がどんな姿であっても態度を変えない。優しいメロディアがいて、真面目で可愛《かわい》いギルバートがいて、冷静沈着で抜け目ないルリがいて――。そこに、クリスタルがいてもいいのではと、思っている」

「ディートリヒ様！」

思わず、ディートリヒ様のモコモコとした首を抱きしめる。クリスタルがいてくれるならば、人間の姿に戻らなくてもいい。ディートリヒ様は言い切った。

それが、許されていいわけではない。けれど、気持ちがとても嬉《うれ》しいと思った。

「ありがとうございます」

「ああ」

私は孤独ではない。頼りになって優しい家族がいる。以前のように、悩みを独りで抱える必要なんてないのだ。


ミリー隊長から手紙が届いた。

手紙には、クリスタルを守れなかったことへの謝罪が丁寧に書き綴《つづ》られていた。

別に、ミリー隊長のせいではない。クリスタルを守護する狼精霊の虫の居所が悪かったのだろう。

そもそも、ミリー隊長の行動が原因で、狼精霊が怒ったわけではないのに……。

二枚目の便せんには、息抜きにミリー隊長の家へ遊びにこないか、と書かれていた。

なんだったら、一泊していってもいいと書かれていた。心細いならば、ディートリヒ様を誘ってもいいと。なんて太っ腹なのか。

ミリー隊長の家でお泊まり会とか、絶対楽しいに決まっている。

最近、いろいろと思い詰めていて、夜もあまり眠れていない。ミリー隊長に会ったら、気分転換になるだろう。ディートリヒ様にミリー隊長の家で一泊してきてもいいかと聞いたら、ふたつ返事で許可してくれた。

「楽しんでくるとよい」

「あの、ディートリヒ様もよかったらと書かれていたのですが」

「女同士、ゆっくり話すこともあるだろう」

「そう、ですかね？」

ディートリヒ様がいたら、もっと楽しいのではないか。そんな視線を、ディートリヒ様に向けてみる。

「まあでも、メロディアがどうしてもと言うのであれば、同行しても構わないが」

どうしてもと強調し、再度ディートリヒ様を誘ってみた。

「一緒に行っていただけますか？」

ディートリヒ様は大きく頷《うなず》いてくれた。

「メロディア、安心しろ。トール隊長と少し話したら、サッと帰るから」

「お心遣い、ありがとうございます」

そんなわけで、ミリー隊長の家に遊びに行くこととなった。

ミリー隊長に手紙を送ったところ、すぐに返信が届く。三日後に、お邪魔することとなった。

あれやこれやと仕事に追われているうちに、あっという間に時間が過ぎていく。

明日はとうとう、ミリー隊長の家に遊びに行く日だ。珍しく、ワクワクしている。

狼化する前に、荷造りをしないといけない。ルリさんが用意してくれていた旅行鞄《かばん》に、必要最低限の荷物を詰めて持っていく。旅行鞄の中に着替えと化粧品、それからミリー隊長にもらったボール、そして小腹が空《す》いたときに食べる干し肉（※ルリさんオススメ、減塩タイプ）を詰め込んだ。

「これでよしっと！」

あとは、明日を迎えるばかりである。なんだかものすごく楽しみだ。


——夢をみた。それは、遠い遠い、未来の光景。

たくさんの子どもに囲まれて、幸せそうに暮らしている。

その中に、ポツンと黒い染みがあった。なんだろうかと手を伸ばしたら、腕を掴《つか》まれて一気に引っ張られてしまう。

フェンリル公爵家の屋敷から、どこかへと連れ去られてしまった。

闇が、女性の形となる。あのシルエットは——狼魔女だ。

「あなた、私をどこに連れて行くつもりなの？」

狼魔女は、答えてはくれない。ひたすら、ぐいぐいと引っ張るばかり。

最終的に、大きな鳥かごの中に閉じ込められてしまう。狼魔女の姿は消えてなくなった。

「誰か!! 誰かいないの!?」

叫ぶと、人の気配を感じた。ひたひたと足音も聞こえる。

「誰!?」

「ママ……」

クリスタルの声だった。どこか寂しげで、今にも泣きそうなくらい声が震えていた。

「クリスタル、こっち! ママは、こっちにいます!」

「でも、ママはわたしを、見てくれなかった」

それは、どういう意味なのか。聞き返そうとしたら、クリスタルの姿は消えてなくなった。


「あ――」

頬に涙が伝っていた。拭っても、拭っても溢《あふ》れてくる。

私を起こしにきたルリさんが、号泣している様子を見てぎょっとしていた。

「奥様、どうかされたのですか?」

「ゆ、夢の中に、クリスタルがでてきて……」

とても、悲しそうだった。抱きしめて、大丈夫だよと言いたかったのに、クリスタルは私に対して失望するような言葉を口にしていた。

「見てくれなかった、ですか」

「結局私がしていたのは、おままごとだったのかもしれません」

「おままごと、とは？」

貴族であるルリさんには、おままごとという遊びに馴染《なじ》みがないのだろう。

「子どもが、乳母の振りをして遊ぶ、と言えばわかりやすいのでしょうか？」

「ああ。ごっこ遊びですね」

貴族の子どもも、人形相手に世話したり、料理を作ったりと、大人を真似《まね》した遊びがあったという。育った環境に違いはあれど、子どもの遊びはそう変わらないようだ。

「えっと、つまり、私は母親のまねごとをするばかりで、本気でクリスタルに向き合っていなかったのかもしれません」

「それは、無理もないでしょう。クリスタル様は、奥様の産んだ子どもではないのですから。短い期間で、母親になれるものではないのですよ」

「そうなのですが、もっと、クリスタルに何かできたのかもしれないと考えると、心に引っかかりを覚えるのです」

夢の中のクリスタルの言った「見てくれなかった」とは、どういう意味だったのか。それすらもわからないだなんて……。

「クリスタルは、何を見てほしかったのか」

「奥様、それはクリスタル様のお言葉ではありません。夢の話です。あまり、お気になさらないほうがよろしいかと」

「そう、ですよね」

涙は止まった。けれど、心の中にあるくすぶりは消えないまま。クリスタルは独り、寂しく涙を流しているかもしれない。一刻も早く迎えに行って抱きしめたいのに、それも叶《かな》わないのだ。

「あの、奥様……申し訳ありません。かけるお言葉が、見つからずに」

顔を上げると、いつも冷静沈着なルリさんが、今にも泣きそうな顔で私を見つめていた。

その瞬間、胸がぎゅっと締めつけられるようになる。

クリスタルのことだけを考えるあまり、周囲がまったく見えていなかったのだ。

ルリさんだけではないだろう。きっと、ディートリヒ様やギルバート様も、私を心配しているはず。特に、犬の姿のディートリヒ様は、人間のときほど表情が豊かではなかった。些細《ささい》な感情にも、気づきにくい。ディートリヒ様だって、いつもクリスタルを案じていた。いなくなって辛《つら》いのは、私だけではないだろう。

私は自分勝手だ。まるで悲劇のヒロインみたいに、落ち込むなんて。

「ルリさん、いつも心配をかけて、ごめんなさい。しばし、心を入れ替えます」

このタイミングでみた夢に、何も意味がないとは思わない。だがしかし、考え込みすぎるのも問題だ。ひとまず、心の片隅に留めておこうと思った。

「ミリー隊長の家に泊まって、少しだけ息抜きをして、それからまた——クリスタルのことを考える私に戻りたいのですが」

寝台に横たわる私を覗き込んでいるルリさんを、両手でぎゅっと抱きしめた。

「クリスタルのことだけじゃなくて、みんなのことを考える私になって帰ってきます」

返事をするルリさんの声は震え、私の頰に涙がぽたりと落ちてきた。どうやら、思っていた以上に、心配をかけていたようだ。

このままではいけない。私だけではなく、みんなの心が弱っているだろう。

休む時間が、必要なのだ。


ルリさんの手を借りて支度をし、ディートリヒ様と共に馬車でミリー隊長の家に向かった。

時刻は昼と夕方の中間くらい。今日、ミリー隊長は仕事で、早めに帰ってきてくれるらしい。

明日が休日で、午前中はふたりでのんびり過ごす予定だ。

貴族街を通り過ぎ、商店が並ぶ通りへ出てきた。

終業を知らせる時計塔の鐘が聞こえてくる。それを待っていましたとばかりに、街はどっと人が増えていった。

そのまま酒場に向かう者、空腹なので食堂に向かう者、家族にお土産を買う者と、それぞれ行動している。

私達《たち》はといえば、ミリー隊長の住む一軒家の庭で、野外料理をしようという話になっていた。

「メロディア、大きな肉塊を買ってきたからな！　ミリー隊長と食べようぞ」

ディートリヒ様は私を励まそうと、いつも以上に元気にふるまっているように思える。申し訳ないという気持ちがあるものの、今は彼の底なしの明るさに救われたような気持ちになった。

じわじわと胸が温かくなって、喉までせり上がっていた愛《いと》しさは言葉となって口から出てくる。

「ディートリヒ様、好きです」

「私も、肉は大好きだ！」

私の愛が、いつの間にかお肉の話になっていた。それでもいい。間違いなく、私もお肉が大好きなのだから。

太陽があかね色に染まりつつある。そろそろ、一日が終わろうとしていた。

だんだんと、住宅街のほうへと入っていく。

一戸建ての家は、どれも似たような形や色ばかりだ。たいてい平屋建てで、生け垣に囲まれた小さな庭がついている。

通りから庭を覗き込めるようになっているのは、近所付き合いをしやすくするためだという。

かつて両親と住んでいた家も、こんな感じだった。

楽しかった幼少期の記憶が甦《よみがえ》り、少しだけセンチメンタルな気持ちになってしまった。

「メロディア、どうかしたのか？」

「いいえ、なんでも。あ、ミリー隊長の家が見えてきましたよ」

薔薇《ばら》の生け垣からリンゴの低木が顔を出す、可愛らしい家である。ミリー隊長は、野外料理に利用する炭火を用意した状態で待っていてくれた。

馬車から降りると、笑顔で迎えてくれる。

「ミリー隊長、こんばんは！」

「ああ。よく来てくれた」

「はい！　お招きいただき、ありがとうございます」

「寒くないか？」

「はい。寒くありません」

ディートリヒ様が用意してくれた、防寒魔法がかかった外套《がいとう》を着ているのでまったく寒くないのだ。商品化したら、欲しいと言うご令嬢はたくさんいそうだ。女性とは、総じて寒さに弱い生き物なのである。

「ミリー隊長は、大丈夫ですか？」

「私は平気だ。寒いのは、得意なんだ」

「そうだったのですね」

続いて、ディートリヒ様が降りてきた。

「トール隊長、私までお邪魔してしまい、悪かったな」

「いえ、とても光栄です」

ディートリヒ様はミリー隊長に前脚を差し出す。挨拶のつもりだろうが、完全にお手を待つ犬の姿だった。ミリー隊長が困惑の表情で手を差し出すと、ディートリヒ様は大きな前脚をそっと添えていた。

「ふふっ！」

思わず笑ってしまったら、ミリー隊長とディートリヒ様が同時に私を見た。誤魔化すために、

「さあ、食事の用意をしましょう」と声をかける。

ミリー隊長には野菜を用意するようにお願いしていたのだ。すでに、きれいにカットされた野菜がお皿に盛り付けられている。

「では、私はお肉を切りわけますね」

「メロディア、私は何をすればいい!?」

ディートリヒ様が、キラキラとした瞳で私を見上げてくる。正直、犬の手は間に合っているのだが、正直に言ったらしょんぼりしてしまいそうだ。

辺りを見回していたら、ごうごうと燃える炭火を発見した。

「ディートリヒ様は、火の番をお願いします」

「わかったぞ」

てってけと走っていく後ろ姿を見送る。ディートリヒ様は炭火の前に座り、責任ある男の真剣な眼差《まなざ》しを向けていた。

と、ディートリヒ様の仕事を微笑《ほほえ》ましい気持ちで眺めている場合ではない。ドレスの裾を捲《まく》り、ディートリヒ様が用意した肉塊を切り分ける。

あっという間に、陽《ひ》が沈んでいった。ここで、ハッとなる。

「うっ!!」

突然襲われる全身の違和感。狼化が始まろうとしているのだ。

ミリー隊長の家の庭先で、狼化するわけにはいかない。すぐに、ミリー隊長が察して私を抱き上げ、家に運んでくれた。ディートリヒ様も、あとに続く。

優しく寝台に横たわらせてくれた。

「トール隊長、あとは私に任せてくれ。メロディアが落ち着くまで、外の火を頼む」

「はっ！」

ディートリヒ様は私に寄り添い、優しく声をかけてくれた。

「メロディア、大丈夫か？」

「わ、わうー」

すっかり狼と化した私は、外で焼かれるお肉の匂いを敏感に察知する。すっくと立ち上がり、ディートリヒ様に早く外へ行こうと瞳で訴えた。

「そうだな、トール隊長が、待っている」

軽やかな足取りで、庭へ向かったのだった。

「メロディア魔法兵、もう肉が焼けているぞ」

「わうー！」

尻尾を振り、上機嫌でミリー隊長のもとへ走って行く。

いつの間にか、公爵家の使用人がやってきてお肉を焼いていた。きっと、獣の手では調理できないので、ディートリヒ様が手配していたのだろう。

それだけではない。犬用のテーブルが用意されていた。丁寧に白いテーブルクロスまでかけられている。汚さないように、気を付けなければならないだろう。

すでにお肉は何枚か焼き上がっていたようだ。ミリー隊長が、お皿に盛り付けてくれる。

「ほら、たくさん食べるといい」

「わうっ!!」

お皿の上に置かれたお肉を、パクリと食べる。味わう暇もなく、飲み込んでしまった。

お肉は飲み物なのだろう。

一方でディートリヒ様は優雅に食べていた。私のように、丸呑《まるの》みはしない。

ジュウジュウと、お肉が焼けるおいしそうな匂いが風に乗ってふんわり漂う。なんて幸せな空間なのか。ディートリヒ様は「肉の匂いが毛に染みつきそうだ」なんてぼやいていたが、最高の匂いだろう。一日中、かいでいたい。

それにしても、ディートリヒ様が用意してくれたお肉は、極上の一品だ。口の中でとろけてしまう。こんな幸せな瞬間があっていいのか、と思うくらいだ。

「ふむ。うまい肉だな」

「わう～～!」

ミリー隊長もおいしそうにお肉を食べていた。楽しい時間は、あっという間に過ぎていく。

食事が終わると、公爵家の使用人達は瞬く間に庭を片付けて去って行った。

庭はすっかり、来たときと同じ野外調理用の鍋に炭火が置かれた姿に戻る。

「食後の甘味は、焼きマシュマロにしよう」

「わう!!」

ミリー隊長はその辺に落ちていた枝の先端をナイフで鋭くし、マシュマロを刺した。それを、炭火でじっくり炙《あぶ》っていく。

甘い匂いが、ふんわりと漂う。焼きマシュマロとは、いったいどんな味がするものか。

ワクワクしながら待っていたら、ミリー隊長の家の前を通り過ぎた近所のおじさんが声をかけてきた。

「こんばんは、トールさん。今日は庭で野外料理ですか。いいですな」

「ええ。美しい月が出ていましたので」

「おや、本当に。楽しそうで——そちらのワンちゃんは？」

「あ、彼らは友人……いや、その、友人から、預かっておりまして……」

ミリー隊長はじつに申し訳なさそうに、私達のことを説明していた。別に、犬扱いされても構わないので、堂々と「小さいほうは、食いしんぼうなんです！」と答えてほしい。

「よい、休日を」

「ありがとうございます」

ここで、マシュマロが焼けたようだ。ミリー隊長が木の枝ごと、差し出してくれた。

「そのまま、かぶりつくといい。まだ熱いから、気を付けろよ」

「わう！」

冷めるまで待っていたら、隣から「熱っ！」という悲鳴が聞こえた。ディートリヒ様である。

「はふ、はふ、はふ、はふ……う、うまいぞ!!」

ディートリヒ様は芝生の上をくるりと一周し、焼きマシュマロを絶賛する。

そんなにおいしいのか。まだ冷ましたほうがいいと思いつつも、パクリとかぶりついてしまった。

外はサクサク、中はとろ〜り。おいしい……！　おいしいけれど、とっても熱い。

ディートリヒ様同様、悲鳴を上げてしまった。

「わ、わうー！」

芝生をコロコロと転がっていたら、口の熱さもいささか和らいだような気がする。

「うまかったか？」

「わうっ！」

「そうか。それはよかった」

ミリー隊長も、豪快に一口で焼きマシュマロを食べていた。だが、私達同様に熱かったようで、口元を押さえて熱さに耐えているように見える。ちょっぴり涙目だった。

「熱い。けれど、おいしい」

ディートリヒ様と一緒に、コクコクと頷いてしまったのは言うまでもない。

楽しい野外料理会は、お開きとなる。ディートリヒ様は家に戻るようだ。

「フェンリル公爵も、泊まっていかれたらどうですか？」

「魅力的な誘いだが、遠慮しておこう。ギルバートが言っていたのだ。夜は女子会があるから、邪魔しないように、と」

夜の女子会とはなんぞや。狼の姿である私が、ミリー隊長とお喋《しゃべ》りできるわけではないのに。

ギルバート様が気を遣って、ディートリヒ様に伝えていたのだろう。

「トール隊長、メロディアを頼む」

「はっ。大事な奥方を、一晩お借りします」

ここでカッコよく去ると思いきや、ディートリヒ様は私のほうを見て、目をうるりと潤ませる。

「メロディア、明日は、帰ってくるよな？」

「わう！」

「トール隊長の家の子になりたいと、言わぬよな？」

「わーう！」

「私はすぐに、この肉臭い毛並みをきれいにして、メロディアの帰りを待っているぞ」

「わう！」

今はお肉の匂い最高！　と思っているが、人間の姿に戻ったらきっとディートリヒ様同様に嫌がるに違いない。自分でもびっくりするほど、狼の姿と人間の姿のときの好みが異なるのだ。

「メロディア、さらばだ」

そう言ってから三回ほど振り返り、ディートリヒ様は帰っていった。

なんとなく、寂しい気持ちを持て余していたが、ミリー隊長の「食後の運動でもするか？」という誘いに尻尾を振って応えてしまった。なんという変わり身の速さだろうか。

「メロディア魔法兵のために、新しいボールを買ってきたんだ」

「わう!?」

ミリー隊長が家からボールを持ってきてくれる。まさか、新品を用意してくれていたなんて。

「前回、メロディア魔法兵に贈ったボールより、硬めの物にしてみたんだが、どうだ？」

鼻先に差し出されたボールを、かぷっと銜《くわ》えてみる。

「わ、わううう!?」

ぎゅむぎゅむという、噛《か》みごたえのあるボールだった。とっても素晴らしい。

しばらく噛んでいたら、ミリー隊長が優しく頭を撫《な》でてくれる。

「気に入ってくれたようで、何よりだ」

「わうう」

それからミリー隊長はしばし、私とのボール遊びに付き合ってくれた。

夜なので、静かにしようと思っていたのだが――。

「わふ！　わふ！　わふー！」

ボール遊びがあまりにも楽しくて、ついわふわふ鳴いてしまった。

二時間ほど遊んでいただろうか。疲れ果てて芝生の上に転がっていたら、ミリー隊長が優しく抱き上げてくれる。

「風呂に入ろう」

「わう！」

どうやら、ミリー隊長が私の体を洗ってくれるらしい。申し訳ないと思いつつも、ミリー隊長の家を汚してしまったら大変だ。どうぞよろしくお願いいたしますと、頭を下げたのだった。

ほどよい温かさのお湯を、ミリー隊長は優しくかけてくれる。薔薇の匂いがする石鹸《せっけん》を使って、全身丁寧に洗ってくれた。

「メロディア魔法兵、痒《かゆ》いところはないか？」

「わううう～～」

ぶんぶんと首を横に振る。痒いところなんてぜんぜんない。至れり尽くせりである。もしかしたら、普段自分で洗うときよりも、きれいになっているのかもしれない。

風呂上がりもわしわしと体を拭き、いい匂いがする薔薇オイルを揉《も》み込んでくれる。おかげさまで、ピカピカの毛並みになった。

「あとは、暖炉の前にいたら乾くだろう。私もこれから風呂に入るから、待っていてくれ」

「わう！」

足早に暖炉の前に移動する。先ほどミリー隊長が点《とも》した炎が、暖炉の中でゆらゆら揺れていた。

眠気が襲ってきたが、ミリー隊長より先に眠るわけにはいかない。

頑張れ、私！　頑張れ、私！　と応援していたが、それでも瞼《まぶた》は重たくなる。

「――メロディア魔法兵、持ち上げるぞ」

「わう～ん？」

ミリー隊長の優しい声と共に、ふわりとした浮遊感を覚える。

「わ、わう!?」

どうやら私は眠気に負け、暖炉の前で爆睡していたようだ。

ミリー隊長は私をそのまま寝室へと運び、寝台の中にそっと降ろしてくれた。

「わ、わうー」

私なんて床の上でいいのに。ミリー隊長の寝室にはふかふかの毛足が長い絨毯《じゆうたん》が敷かれている。

そこで充分だと訴えたが、体をがっしりと押さえられてしまった。

「メロディア魔法兵、床の上で眠ったら、風邪を引いてしまう」

立派な毛皮の外套を着ているので問題ない。そう訴えても、わうわうとしか鳴けないので、意思が通じるわけもなく。

私を落ち着かせるためか、ミリー隊長は私を優しく撫でてくれる。

撫でられているうちに体の緊張が解《ほぐ》れて、まったりとした気分になってしまった。

すっかり寛《くつろ》ぎモードとなってしまった私に、ミリー隊長は優しく声をかける。

「今日は、楽しかったな」

「わう」

「また明日、ゆっくりお喋りをしよう」

「わうー」

ミリー隊長に撫でられながら、私は深い眠りの中へと溶け込んでいった。

朝――チーチーチーという鳥の鳴き声で目覚める。

「ううん」

もぞりと動いたら、お腹《なか》のあたりに腕が回されていてぎょっとした。

「ひゃんっ！」

「ん……メロディア魔法兵、まだ、眠っていても、いい」

ミリー隊長の声が聞こえる。

そうだった。私は昨晩、ミリー隊長の家にお泊まりをしたのだった。

優しいミリー隊長は、狼の姿である私を一緒の寝台に寝させてくれた。

ありがたいにもほどがある。

ちなみに今は、人間の姿に戻っている。いつも通り、全裸であった。

ミリー隊長の腕が素肌に当たっていたので、朝から驚いてしまったのだ。

なんとか抜けだそうとしたが、腕はがっしりと固定されていて動かない。

「あの、ミリー隊長」

「まだ、起きなくてもいい」

そう言って、空いているほうの手で頭を撫でてくれる。昨日揉み込んでもらった薔薇の香りが、鼻先をかすめていった。

よしよしされているうちに微睡《まどろ》んでしまい——最終的にはぐっすり眠る。

こういう朝も、たまにはいいだろう。


朝というよりは、昼に近い。そんな時間に、私とミリー隊長は起きた。

朝食はミリー隊長が用意してくれるという。私はいい子で待っているようにと言われてしまった。

十分後、ミリー隊長は「待たせたな」と言いつつ戻ってくる。

色とりどりの美しいサラダと、カリカリに焼かれた分厚いベーコン、揚げたジャガイモとタマネギにオレンジが二切れ添えられている。

「パンに挟んで食べよう」

そう言って、ミリー隊長はカゴに入ったパンを食卓の中心に置いた。

ナイフで器用にパンに切り目を入れて、ベーコンとサラダ、ジャガイモにタマネギを挟んでいく。とってもおいしそうだ。私も真似をして、具材を挟んでみた。思いっきり、パンにかぶりつく。

「んん〜〜っ!!」

パンはふわふわで、やわらかい。そんなパンに、ベーコンの肉汁が染みこんでいた。ベーコンは噛むと、旨《うま》みがじゅわーっと溢れてくる。

カリッと揚げたジャガイモとタマネギの食感もたまらない。

「すまないな。貴族の奥方に、このような安上がりの朝食を食べさせてしまって」

「とんでもないです！　ごちそうです！」

力を込めて「おいしかったです!!」と言うと、ミリー隊長に笑われてしまった。

「メロディア魔法兵は、結婚しても変わらないいな」

「結婚すると、変わっちゃう人がいるのですか？」

「いい意味でも、悪い意味でも、な」

他人同士が家族になるというのは、それはそれは大変なことらしい。

「生活習慣がまるで違うからな。戸惑うことも多いようだ」

「なるほど。私は一年間、花嫁修業があったので、すんなり受け入れられたのかもしれません」

「そうか。だったらよかった」

貴族の習慣に苦しんでいないか、心配をかけていたようだ。

花嫁修業は、正直大変だった。けれど、私が身に付けたのは最低限のものだったのだろう。ルリさんのふるまいを見ていたらわかる。貴族女性とは、その場に立っているだけで花のように美しい。それが、自分に身に付いているとはとても思えなかった。

「もしも、思い詰めたり、悩んだりするときには、解決できるかはさておいて。いつでも私の家に、遊びに来るといい」

「ミリー隊長、ありがとうございます」

ミリー隊長みたいな女性《ひと》がいてくれて、私は幸せ者だろう。ただ、甘えてばかりではいられない。ミリー隊長にはミリー隊長の人生があるのだから。

「メロディア魔法兵」

「は、はい？」

鋭く名を呼ばれ、背筋がピーンと伸びる。かつて、上司だったときのミリー隊長を思い出してしまった。

「もしや、私の申し出に甘えるのは悪いなとか、迷惑なのではとか、考えていまいな？」

「な、なんでわかるのですか？」

「メロディア魔法兵は、表情がわかりやすいからな」

「そ、そうだったのですね」

王立騎士団に所属していたときも、私の百面相を見てミリー隊長は心配していたのだという。なんともお恥ずかしい話だ。

「遠慮はするな、と言ってもするのだろうな」

「す、すみません」

「私は、メロディア魔法兵を友のように思っている。昨日みたいに一緒に過ごしていると、とても楽しい。だから、たまに私と遊んでくれると、嬉しく思うのだが……迷惑だろうか？」

「いいえ、ぜんぜん！」

ミリー隊長が私を友と思ってくれていたなんて。光栄過ぎて、くらくらしてしまう。

「あの、ふつつか者ですが、どうぞよろしくお願いいたします！」

手を差し出すと、ミリー隊長は笑いながら握り返してくれた。

それから私達は、最近あった楽しい話をして、次はどこかへ行こうという話で盛り上がる。

ミリー隊長の家での滞在はあっという間に時間が過ぎていったようで、お昼を少し過ぎたくらいの時間にディートリヒ様が迎えにやってきた。

「トール隊長、メロディアが世話になった」

「大事な奥方を、お借りしてしまって申し訳ありませんでした」

「よい！　私は寛大《かんだい》な夫だからな」

ディートリヒ様は私を見て、ホッとしたような表情を浮かべる。

ずっと、元気がないと心配をかけていたのだろう。この通り、元気になっている。

もう、うじうじして周囲の人達に不安を抱かせるような状態にはならない。

クリスタルについても、絶対に連れ戻してみせるという強い気持ちでいた。

「メロディア、帰ろうか」

「はい」

ミリー隊長に深々と頭を下げて、家路に就く。

馬車の中で、ディートリヒ様は優しく言葉をかけてくれた。

「楽しかったか？」

「はい、とても」

「そうか、よかった」

「ディートリヒ様、ありがとうございました」

「私は、何もしていないぞ」

「でも、大変なときに、家を抜け出してしまったので」

「気分転換が必要だと、思っていた。ちょうど、トール隊長が声をかけてくれたから、それに乗じたまでだ」

ディートリヒ様の顎から首にかけて撫でると、心地よさそうに目を細めていた。

時間をかけて手入れしてきたのだろう。毛並みは上等なベルベットのように触り心地がいい。

「メロディア、何があっても、無理はしないでくれ」

「同じお言葉を、ディートリヒ様にもお返ししますよ」

「私は大丈夫だ」

「そんなことを言って、私が絡んだら、無理をするに決まっています」

「そういうときには、ギルバートとルリに、私を全力で止めるように言ってある」

「それは、すばらしい対策ですね」

ギルバート様とルリさんが、真顔でディートリヒ様を取り押さえている様子を想像したら笑ってしまった。本当に、ふたりともしっかり実行してくれるので、心から頼りにしている。

「おい、メロディア。のんきに笑っているが、メロディアも何か暴走したときには、ギルバートとルリに止めるように言ってあるからな」

「私もなんですか!?」

思いがけない対策に、余計におかしくなる。ギルバート様やルリさんに、取り押さえられる状況を作らないようにしなければならないだろう。

「メロディア、そろそろ、フェンリル騎士隊が動くぞ」

「もしかして、クリスタルが見つかったのですか？」

「ああ」

とうとう、その時がやってきたようだ。

ギルバート様がルリさんと共に、振り子魔法《ペンデュラム》を用いて捜してくれたようだ。

クリスタルがいたのは――狼魔女の本拠地だった場所らしい。

やはりという気持ちと発見に対する安堵《あんど》感、それから言葉にできない不安が同時に押し寄せる。

クリスタルと狼魔女は、どういう関係なのか。ついに、明らかになってしまうのか。

「メロディア、辛いかもしれないが……」

「大丈夫です。迎えに、行きしょう」

「そうだな」

「クリスタル、待っていてね」

会ったらすぐに抱きしめよう。それから、二度とクリスタルから目を離さないようにしなくては。

何者であろうと関係ない。クリスタルは、私とディートリヒ様の可愛い娘なのだから。

◇◇◇

フェンリル騎士隊の騎士ドレスに身を通し、いざ、クリスタルのもとへ！

久しぶりに、魔法の杖《つえ》代わりの傘を握りしめる。

「メロディア、準備は整ったようだな」

「ええ」

移動は馬車である。後方にある二台目の馬車には、マダムリリエールが乗り込んでいた。彼女だけは旅行気分で、ルンルンと足取り軽くやってきた。緊張が削《そ》がれてしまったが、彼女はそれでいいのかもしれない。

ギルバート様だけは馬に乗って行くらしい。新しく仕立てた冬用の騎士服とマントが、よく似合っていた。

馬車に乗り込んだディートリヒ様とルリさんは、緊張の面持ちでいる。マダムリリエールの暢気《のんき》な様子を見ても、引きずられなかったらしい。

重たい雰囲気の中、馬車は動き始める。

「えーっと、ルリさんは、王都の外に出るのは久しぶりだったりします？」

「一回目の結婚以来です」

「あ、そ、そうだったのですね」

重たい空気がさらに重くなった。なんだか、息苦しさを覚えてしまう。完全に気のせいだろうけれど。

ルリさんは一度結婚していて、初夜の晩に夫となった男性に殺されそうになったという壮絶な過去がある。私はそれをうっかり、掘り返してしまったようだ。

この話は終わり。別の話題を探しているところに、あろうことかディートリヒ様が話を広げてしまう。

「ルリよ。離婚後、実家には帰らなかったのか？」

「社交期で、家族は王都におりましたので」

貴族は王都に人が集まる社交期に結婚式を挙げる人が多いらしい。人脈を広げる目的もあるのだとか。ルリさんも、例に漏れずに王都で式を挙げたと。

「なんだ、その、その節は大変だったな」

「いえ、ギルバート様が助けてくださったので。身もきれいなままでしたし」

「そうか」

ルリさんの元夫は、初夜を執り行う前に手に掛けようとしていたらしい。貞操が守られてよかったなどとは、口が裂けても言えない。

想像を絶するくらい、恐ろしかっただろう。そんな経験をしたルリさんが、塞ぎ込まずにこうして強く生きてくれているのは奇跡のようなものだ。

犯行現場に駆けつけてくれたギルバート様には、感謝しかない。ふたりが結ばれて、本当によかった。心から幸せになってほしいと思う。

馬車はすっかり冬の森となった雪原を進んでいく。

前回と違い、今回は冬のまっただ中。野営はできないので、途中にある街や村に寄って宿泊する。

一日目に泊まったのは、地図にも載っていないような小さな村だった。

ぽつぽつと家が建ち、鶏や山羊《やぎ》がその辺を闊歩《かっぽ》している。

王都から騎士がやってきたと聞きつけ、馬車の周囲には子ども達がわんさか集まってきた。

まるで、英雄が凱旋《がいせん》してきたように見えてしまう。特に注目を集めているのは、馬に凜々《りり》しく跨《また》がるギルバート様である。

「ギルバート様、子ども達に囲まれて困っているみたいです」

「では、ルリめが助けてまいりましょう」

ルリさんはそう言って、飴《あめ》が入った瓶を取り出した。馬車から降りて、ギルバート様と子ども達がいるほうへと向かっていく。

英雄のような羨望の眼差しを向けられていたギルバート様であったが、飴には勝てなかったようだ。あっという間に、ルリさんの周囲に子ども達が集まっていく。

そんな様子をディートリヒ様は覗き込み、ポツリと呟《つぶや》いた。

「ギルバートは、いい娘を見つけた。幸せ者だな」

「ええ」

馬から降りたギルバート様も、ルリさんと一緒に飴を配り始める。ぎこちない様子だが、なんだか微笑ましい。本当にお似合いなふたりだとしみじみ思ってしまった。

しばし、馬車の中で待機する。ルリさんとギルバート様が、村の宿が空いているか調べに行ってくれていた。

待つこと三十分ほど。ふたり揃《そろ》って戻り、想定外のことを報告してくれた。

「兄上、義姉《あね》上、その、申し訳ないのですが、この村に宿はないそうです」

「代わりに、村長様の家に泊めていただけることになったのですが――」

ギルバート様とルリさんが、同時にディートリヒ様を見る。

「ん、なんだ？」

ギルバート様は眼鏡を外し、眉間の皺《しわ》を揉む。ルリさんはしばしギルバート様のほうに圧のある視線を送っていたが、途中で何かを諦めたのか「はー」とため息をついた。

「おい、はっきり言え」

ディートリヒ様の追及に、ギルバート様ではなくルリさんが答えた。

「村長様が、超巨大犬は子ども達が怖がる可能性があるから、馬車から連れ出さないでくれとおっしゃっていたのです」

「なんだ、そんなことか、って超大型犬とは、もしかして私のことなのか!?」

「はい」

ルリさんはきっぱりと、返事をする。

「私はこんなにも愛らしいのに、怖がられるなんて！　なあ、メロディア？」

「え、ええ……まあ」

ディートリヒ様は間違いなく可愛い。けれど、大きくて迫力がある。小さな子どもが見たら、魔物のように恐ろしく見えるだろう。

「ディートリヒ様、私も今晩はここに残ります」

「ダメだ、メロディア！」

「なんでですか？」

「馬車は冷える。きちんと、布団にくるまって寝たほうがよい」

「でも私、夜は狼化するので、体が冷えることはないのですが」

「それはそうだが……！」

「私の狼化も、恐ろしく思われるかもしれません。だから、一緒に過ごしませんか？」

「むむむ……！」

あともうひと押しか。と、考えているところに、ギルバート様が思いがけない発言を口にした。

「兄上、私は馬車の外で野営します！」

「ギルバート様、凍え死にたいのですか？」

ディートリヒ様が何か言う前に、すかさずルリさんがクールに指摘する。さすがであった。

「では、ギルバート様とルリさん、マダムリリエールが村長の家でお世話になって、私とディートリヒ様が馬車で一晩過ごすということで、いいでしょうか？」

ディートリヒ様とギルバート様は不服そうな表情である。まだ、渋っているらしい。ルリさんが瞳をギラリと輝かせ、念押しする。

「奥様の決定で、問題ないですね？」

フェンリル公爵家の兄弟はルリさんのすさまじい迫力に圧《お》され、同時にコクリと頷いたのだった。

馬車は邪魔にならない村の外に駐《と》められた。御者も、村長の息子夫婦の家に一泊するようだ。

ゆっくり休んでくれと言い、見送る。

馬車の中に残るディートリヒ様は、私を見るなり愛おしいものを見るように目を細めた。

「やっと、ふたりきりになれたな」

「はあ」

近《ちこ》う寄れというので、隣に座り込む。馬車の中は土足厳禁で、毛足の長い絨毯が敷かれているのだ。そのため、直接座っても問題ない。

「メロディア、昨晩はあまり眠れていないのだろう？」

「バレていましたか？」

「目が充血していたからな。しばし、私のお腹でも枕にして眠るとよい」

「そんな、ディートリヒ様を枕にするなんて」

「よいと言っている」

「ドレスだって、皺になりますし」

「よいよい。替えはたくさんある」

こうなったら、私が眠るまで言葉をかけ続けるだろう。抵抗は諦めて、少しだけ眠らせてもらう。

ディートリヒ様のふわふわの毛並みに、頭を預けた。寝心地は最高だ。

さらに、ディートリヒ様は立派な尻尾を掛け布団代わりに私の体にモフッと乗せる。

「ディートリヒ様の尻尾、フワフワです」

「触ってもよいぞ」

「では、お言葉に甘えて」

尻尾を撫でていたら、どこまで骨があるのか気になってしまった。きゅ、きゅっと触っていると、ディートリヒ様が「んんん！」と妙な声をあげた。

「メロディア、やはり、尻尾はなしだ」

「わかりました」

むずがゆくなったのだろう。骨の位置はわからなかったが、尻尾は存分に堪能できた。あとは、しばし仮眠をさせていただく。

馬車の扉を叩《たた》く音で、ハッと目が覚めた。辺りは暗い。いつの間にか、夜になっていた。体も、狼化している。変化に気づかないほど、深く寝入っていたようだ。

「誰だ？」

「ルリです。夕食を持ってまいりました」

「入れ」

ルリさんがカゴに入った夕食を差し出してくれる。ディートリヒ様が持ち手を銜え、受け取ってくれた。

「ご苦労だった。皆の様子はどうだ？」

「村長の家で、宴会をしています。マダムリリエールは、この地で有名なリンゴ酒を堪能しているみたいです。宴会が苦手なギルバート様は、死にそうになっておりましたので、ここまでついてきていただきました」

「そうか」

馬車の外を覗き込むと、ギルバート様がいた。周囲は真っ暗だが、狼となった私には顔色の悪さまで見えてしまう。果たして、大丈夫なのか。心配だ。

ここの村人は大酒飲みで、普段からお酒を嗜《たしな》まないギルバート様との相性はよくないようだ。

「ギルバート様の代わりに私がお酒を飲んでいたので、お酒臭かったら申し訳ありません」

「いや、なんというか、ギルバートのために、苦労をかけたな」

「どうかお気になさらず。お酒自体は、とてもおいしかったので」

「それはよかった」

ルリさんは一礼し、馬車から降りていく。

そして、あまりお酒を飲んでいないギルバート様を、お酒をたくさん飲んだルリさんが支えながら、歩いて帰っていった。

夕食はルリさんお手製らしい。台所を借りて調理してくれたようだ。

「メロディア、ルリは料理ができるのか？」

「わう～？」

そういう話は、聞いたことがなかった。なんでもできるルリさんである。きっと、料理もできるのだろう。

ディートリヒ様が爪を器用に使ってカゴの蓋を開けてくれた。中に入っていた料理は――焼いたお肉のみ。

「おい、なんだこれは。犬の餌か？」

現在、馬車にいるのは犬（と狼）二頭で間違いない。持ってくるべき食事は、犬の餌で大正解だ。

そういえば、貴族女性の嗜みの中に、料理はなかったような……。もしかしたら、ルリさんは初めて料理をしたのかもしれない。

焼いただけの――シンプルなお肉。きっと、ルリさんなりに考えて、頑張って作ってくれた料理なのだろう。

私は焼いただけのお肉でもおいしくいただくが、ディートリヒ様は犬の姿でも味覚や嗜好《しこう》は人間の姿と同じである。果たして、焼いただけのお肉で満足できるのか。

「メロディア、いただこうぞ」

「わうー」

犬の手では、配膳などできない。直接、カゴに入っているお肉を食べるしかない。

「先に、メロディアが食べていいぞ」

「わうわう」

お言葉に甘えて、ありがたくいただく。分厚くカットされたお肉を、ぱくんと食べた。

なんのお肉なのか直前まで謎だったが、どうやら鹿肉のようだった。おそらく、村の猟師が仕留めたものなのだろう。牛や豚よりも固いものの、サッパリとした味わいで、噛めば噛むほど味わいが深まる。

幼少時、たまに鹿肉が食卓に上がることがあったのを思い出す。お隣の旦那さんの趣味が狩猟で、食べきれないからといただいていたのだ。

母が作ってくれた鹿肉のシチューを思い出してしまう。あれは、本当においしかった。

続けて、ディートリヒ様も食べる。

「うぐう！　獣臭い！」

普段、ディートリヒ様は狩猟肉を食べないらしい。

たしかに、家畜に比べたら鹿肉は臭う。このお肉はきちんと処理されているので、そこまで獣臭くはないが、慣れていない人からしたらきつく感じてしまうのだろう。

ディートリヒ様は眦《まなじり》に涙を浮かべながら、鹿肉を噛んでいた。

「命に感謝！　命に感謝！　命に感謝～～！」

そう自らを励ましつつ、鹿肉を食べきっていた。

鹿肉はあっさりしているので、しっかり味をつけた料理と相性がいい。今回みたいな焼いただけという調理には、あまり向いていなかったのだろう。

今度、ディートリヒ様においしい鹿肉シチューを作ってあげたいなと思った。

食事を終えたら、眠りにつく。

こうしてディートリヒ様と並んで眠るのは、初夜以来だ。なんだか、少しだけ緊張してしまう。

「メロディア」

「わう？」

「今日は、私の口が鹿肉臭いせいで、メロディアにむらむらせずに済みそうだ」

「わ、わううう」

そういうことは、正直に口にしなくていい。

直接突っ込めない歯がゆさを、これでもかと感じてしまった。

翌日、ギルバート様は二日酔いとなったので、二台目の馬車で休んでいる。ルリさんも、付き添っていた。代わりに、マダムリリエールが馬に跨がっている。

昨晩、もっともお酒を飲んでいたのはマダムリリエールだったらしいが、ご覧の通り平然としていた。

魔物と遭遇したら危険なのではと思ったが、マダムリリエール曰《いわ》く――「精霊に守られているので、魔物は近寄ってこないわ」とのこと。

その言葉を信じて、ギルバート様の馬を託したというわけである。

「マダムリリエール、楽しそうに馬に乗っています」

「彼女のおかげで、助かったな」

「ええ、本当に」

最初は私が馬に乗ると名乗り出ていたのだが、ディートリヒ様が許可してくれなかったのだ。攻撃手段を持たない私に、外の番が務まるわけがないと。

外を馬で走る者は、魔物が出現したさいに馬車の前にでて戦わないといけない。私は回復魔法と光魔法しか使えないので、その役割が果たせないのだ。

ちなみにここは森の中なので、マダムリリエールは風の精霊を呼べるという。運がよければ、風の大精霊シルフィールが降りてくる可能性もあると。

私にはただの森にしか見えないが、ここは魔力が満ちた場所らしい。その分、魔物の生息数も多く、荷物を運ぶ商人が被害に遭ったという話もあるようだ。

ふいに、ディートリヒ様の耳がピンと立ち上がった。

「ディートリヒ様、いかがなさいましたか？」

「魔物だ！」

慌てて、馬車を停車するように指示を出す。壁に掛けられていた杖で、緊急事態を知らせるようにドンドンドンドンと四回、激しく叩いた。すぐに、馬車は停まった。

馬車の扉を開いた瞬間、ディートリヒ様が飛び出していく。だが——。

「んん？」

ディートリヒ様は前を見たまま、動こうとしない。魔物は、どこかへ逃げてしまったのか。

「あの、ディートリヒ様？」

「メロディア、その、大丈夫だ。ただ、安全とは限らない。ひとまず、そこで待っておけ」

「は、はい」

馬車の扉は閉ざされてしまった。

珍しく、ディートリヒ様は驚き、戸惑っているように見える。いったい、何を見たというのか。

ギルバート様もやってきて、ふたりで難しい表情を浮かべていた。

十分後、ディートリヒ様が馬車の中へと戻ってくる。馬の乗り手がマダムリリエールから、ギルバート様に代わっていた。

詳しい事情を、ディートリヒ様に尋ねる。

「あの、ギルバート様はもう、平気なのですか？」

「ああ。ルリの手厚い看病で、元気になったらしい」

明らかに具合が悪そうだったギルバート様に、いったいどんな看病を施したというのか。気になるので、あとで聞こう。

それで、いったい外で何があったのか。ディートリヒ様をジッと見つめ、話してくれるのを待つ。

「馬車を襲おうとした魔物だが、私が出て行ったときには八つ裂きにされていた」

「なっ……！　そ、それは、なぜ？」

「マダムリリエールが精霊を召喚し、倒してしまったようだ」

一瞬にして、魔物の群れを倒してしまったようだ。魔物の亡骸《なきがら》は、ギルバート様が魔法で処理したらしい。

「マダムリリエールは、本当に精霊を使役していたのですね」

「みたいだな」

実際に精霊を召喚して見せてもらったわけではなかったので、正直に言うと半信半疑だったのだ。心の中で、「マダムリリエール、疑って申し訳ありませんでした」と謝罪しておく。

マダムリリエールがもっと敬虔《けいけん》な様子で精霊を信仰していればまだ信じられたのだが、実際の彼女は実にうさんくさい。もしかしたら、わざとやっている可能性もあるが。

ディートリヒ様が前脚の爪で馬車をコツコツと叩くと、御者は手綱を引いて馬に動き始めるよう指示を出す。それに合わせて、ギルバート様が操る馬も走り始めた。

クリスタルが狼精霊と共に姿を消してからというもの、マダムリリエールの力を借りて対策を話し合った。

まず、精霊と戦って勝つということは不可能に近いらしい。相手は自然が形を成したもの。人間がどれだけの力を持っていたとしても、敵《かな》うわけがないのだ。

だったら、どうやってクリスタルを取り戻したらいいのか。

可能性があるとしたら、精霊との対話だという。

妖精族は気まぐれな者が多いようだが、精霊は真面目で慈悲深い者が多いのだとか。

情に訴えたら、話を聞いてくれる可能性があると。

「本当に、上手《うま》くいくのでしょうか？」

「怪しいところだ」

そもそも、クリスタルの傍《そば》にいた狼精霊が、イレギュラーな存在であるという。

この世界には狼の姿を取る精霊がいくつかいるようだが、そのどれにも該当しないと、マダムリリエールの友人である精霊が言っていたらしい。

「狼精霊で有名なのは、雪国を守護する大精霊。それと、炎の大精霊に仕える炎狼《フロガ・ヴォルク》――」

精霊について書かれた魔法書には、五種類ほどの狼精霊の名が挙がっているという。

「新種の狼精霊を発見して、マダムリリエールは興奮していたわけですね」

「みたいだな」

それがもしも、クリスタルが作りだした精霊だとしたら、精霊の説得なんて聞き入れないだろう。

彼女を守るために、牙を向ける可能性のほうが高い。

「マダムリリエールは、今回の作戦のために、多くの精霊の協力を得ているようだ」

「作戦が成功するのを祈るばかりです」

「そうだな」

◇◇◇

数日の移動を経て、狼魔女の本拠地である古城にたどり着いた。

馬車から降りて、狼魔女の本拠地を仰ぎ見る。朽ちかけた古城と、それを囲む暗い森は相変わらず不気味な雰囲気だ。

ぼんやり眺めていたら、ディートリヒ様が隣に並んでボソリと呟いた。

「また、ここに来るハメになるとはな」

「ええ」

もう、狼魔女と関わることはないと思っていたが……。

ここから先は徒歩である。森の中は暗いので、魔法で光球を作っておいた。

「ギルバートは――まだルリのところにいたか」

ルリさんは独り、馬車に戻る。

ギルバート様が強固な結界を施しているので、魔物の一匹も近寄れないようになっているらしい。

私は心の中で、愛の結界と呼んでいた。

ギルバート様はルリさんに、別れの言葉をかけているようだった。

「ルリさん、心細いでしょうが、しばらくここで待っていてください」

「ええ、ご心配なく」

ルリさんがこういう場所に同行するのは初めてなのに、本人はまったく動じていない。本当に、肝が据わったお嬢さんである。

私以上にルリさんを心配しているのは、ギルバート様だろう。噛んで含めるように、留守番の心得をルリさんに叩き込んでいる。

「誰かが助けてくれとやってきても、絶対に扉を開けてはいけません」

「はい」

「何か違和感を覚えたら、真っ先に逃げるのですよ」

「はい」

「一日経《た》っても戻らないときは――」

「王都に戻って、事の次第を報告します。という認識で、よろしいのでしょうか？」

「ええ、その通りです」

最後に、ギルバート様は愛しい婚約者を抱きしめようとしたが、ルリさんはそれに気づかずにさっさと馬車に乗り込んでいった。

ぴしゃりと閉ざされた扉が、なんとも空《むな》しい。ギルバート様の後ろ姿に、哀愁を感じてしまった。

「えーっと、ギルバート、もう、よいか？」

「あ、はい。失礼しました」

後ろ髪を引かれるように、こちらへとやってくる。ふたりの恋路を引き裂いているようだった。しかし、あまりベタベタしても、離れがたくなるだろう。ルリさんくらいドライなほうがいいのかもしれない。勉強になった。

マダムリリエールはここにやってきて尚《なお》、飄々《ひょうひょう》としていた。この辺は年の功なのだろう。

「では、皆の者、ゆくぞ！」

ここから先は徒歩である。どこで魔物に襲われるかもわからないので、警戒しつつ先へと進まなくてはならないだろう。

鬱蒼《うっそう》と木々が茂る森を、恐る恐る進んでいく。

ここは通称人喰《ひとく》いの森と呼ばれた場所。どの時間にやってきても薄暗い。かつては狼魔女の手下である狼がたくさん生息していたものの、その気配はまったくなくなっていた。

途中で、休憩を挟む。ギルバート様は魔物避《よ》けの結界を、ここでも展開してくれた。

ディートリヒ様とギルバート様は、緊張しているのだろう。会話もなく、ただ一点を見つめていた。私は黙っていればいるほど、ドの付く緊張をしてしまうタイプのようだ。ディートリヒ様に話しかけてしまう。

「あの、ディートリヒ様、クリスタルは本当に、狼魔女だと思いますか？」

「まだ、わからない」

嘘でもいいから、「クリスタルは狼魔女ではない。きっとそうに決まっている」と言ってほしかった。けれどディートリヒ様は、こういうときはまったく甘くないのである。

「兄上、義姉上、そろそろ先へと進みましょう」

「そうだな」

「わかりました」

ギルバート様はマダムリリエールに手を差し伸べる。こういうところはさすが紳士だなと、まじまじと見てしまった。

だんだん細くなっていく森を抜けた先には、廃墟《はいきょ》となった古城の全貌が姿を現した。

城壁の扉は以前、フェンリル騎士隊と王立騎士団が突入したときに丸太をぶつけて壊した。そのままの状態で、残っている。

ディートリヒ様が先に潜入し、安全であることを確認してくれた。すぐに、あとに続くようにと指示が飛んでくる。

警戒していたものの、狼は配置されていないらしい。

「この辺りも、見張りはいない、と」

「ええ」

狼魔女の本拠地だったときには、たどり着いた途端に狼の大群に襲われたのだ。今回は、そういう気配はまったくない。狼の遠吠《とおぼ》えも、一切聞こえてこなかった。

古城にはかつて、美しい庭園があったのだろう。今は、何もかも朽ちて、草の一本も生えていない。立派だったであろう噴水も、崩れかけていた。

古城の内部へ侵入する。

以前、玄関広場《エントランスホール》へ入ったさいに、天井からシャンデリアが落ちてきたことを思い出す。ゾッとするような記憶だ。

この辺は王立騎士団が処理してくれたのか、割れたシャンデリアは撤去されている。

「ギルバート、クリスタルの魔力を調べることはできるか？」

「やってみます」

ギルバート様が振り子魔法を展開させている間に、魔法で作った光球を大きくし、数も増やしておいた。

「兄上、クリスタルさんの魔力を感知しました。二階にある大食堂にいるようです」

「わかった。先へ進もう」

ギルバート様の振り子を頼りに、先へ先へと進んでいく。

一歩近づく度に、胸がドクドクと脈打つ。緊張から額に汗が浮かび、頬を伝っていった。

結局、クリスタルが夢の中で口にした「ママはわたしを、見てくれなかった」という発言の意味は理解できなかった。

そんな状態で会いに行っても、失望されるかもしれない。

けれど、それでも私はクリスタルに会いたいのだ。

ルリさんは言った。親も、子どもと一緒に成長するのだと。わからなかったら、クリスタルに直接聞けばいいのだ。

そう信じて、私は進んでいく。

玄関広場にあった螺旋《らせん》階段を上り、振り子に導かれるままに歩いていく。

「……おかしいですね」

「ギルバート様、どうかしたのですか？」

「いえ、近づけば近づくほど、魔力反応が薄くなっているんです」

「それって、クリスタルが遠ざかっているということなのでしょうか？」

「わかりません」

とにかく、振り子の反応する方向に進むしかない。

突き当たりにあった扉の前で、振り子がくるくると回った。この先に、クリスタルがいるのだろう。ディートリヒ様はマダムリリエールを振り返り、助言を求めた。

「マダム、こういう場面では、どういうふうに行けばいい？」

声をかけたほうがいいのか。それとも、扉を叩いてから反応を待つのか。

「まずは、精霊にご機嫌伺いを頼みましょうか」

マダムリリエールは手にしていた鞄の中から、精霊石を取り出す。エメラルドに似た緑色の宝石の粒を掌《てのひら》に載せて、ふうと息を吹きかけた。

すると魔法陣が浮かび上がり、緑色の蝶《ちょう》のような生き物が浮き出てきた。

「これが、精霊ですか？」

「ええ、そうよ。彼は社交性があって、誰からも好かれる春の風の精霊なの」

マダムリリエールが再び息を吹きかけると、蝶の精霊はパタパタと翅《はね》をはばたかせて飛んで行く。

扉は閉まっているが、もろともせずに中へ吸い込まれるように入って行った。

待つこと五分ほど。閉ざされていた扉が、ギイと不気味な音を立てて開かれる。

大食堂には長方形の大きな机と、椅子が並べられていた。その端っこに、クリスタルが座っている。狼の姿ではなく、人間の姿だった。

「クリスタル!!」

「メロディア、待て！　様子がおかしい！」

ディートリヒ様は突然私の前に飛び出てきた。勢いのまま、モフモフの体に突っ込んでしまう。

顔を上げると、私もクリスタルに対する違和感に気づいた。

「クリスタル、あなた、どうして──!?」

体が、透けているのだ。いったい、どういう状況なのか。

私が声をかけても、瞳は虚《うつ》ろなまま。反応を示さない。

「何があったと言うのです!?」

そう問いかけた瞬間、背筋がゾクリと強《こわ》ばる。背後から強い魔力を感じ、振り返った。

「お前らのせいで、クリスタルはこうなってしまったのだ!!」

ディートリヒ様よりも一回り大きな狼が、私達をジロリと睨《にら》んでいた。

あれは、マダムリリエールが見たという狼精霊だろう。たしかに、ディートリヒ様と姿がよく似ている。あちらのほうが、獰猛《どうもう》そうではあるが。

「あの、あなたはどうして、クリスタルを連れ去ったのですか？」

返事の代わりに、氷の吐息《ブレス》が返される。

「メロディア、下がれ!!」

「きゃあ！」

ディートリヒ様は私を一息で跳び越え、前に立ちはだかる。そして、魔法を展開し、氷の吐息を防いだ。

私がいたら、邪魔になってしまう。瞳を輝かせているマダムリリエールの腕を摑み、後方へと下がっていく。

「母親に会いたいというから、わざわざ連れてきてやったと言うのに、妙な女を連れてきよって!!」

狼精霊は忌々しいとばかりに叫ぶ。いったい、どういう意味なのか。発言の意味が、欠片《かけら》もわからない。

「フェンリル公爵、お前が、諸悪の根源だ!!」

「なんだと!?」

氷の矢が、ディートリヒ様に向かって放たれる。

「兄上!!」

ギルバート様が腰から引き抜いた剣で、氷の矢を斬り落とした。

「ギルバート、気を付けろ。相手は精霊だ。魔力は無尽蔵にある。わざと我らの体力を消費させて、疲れさせる作戦かもしれん。上手く立ち回れ！」

「了解しました」

ディートリヒ様とギルバート様が狼精霊と戦っているうちに、クリスタルのもとへと向かった。

「クリスタル!!」

傍に寄り、手を伸ばした。しかしながら、体が透けていて触れることができない。

「どうして!?」

「やっぱりその子、本物の子どもではないのね」

「どういう意味ですか!?」

「そのままの意味。実体のない、変則的《イレギュラー》な存在なのよ」

マダムリリエールは説明してくれたようだが、それでも理解には及ばなかった。

それよりも、消えていくクリスタルをどうにか救わなければならないだろう。

先ほど、ギルバート様が魔力反応が薄くなっていると言っていた。もしかしたら、クリスタルの中にある魔力が不足していて、存在を維持できなくなっているのか。

「魔力、魔力を与える魔法は――!?」

そんなもの、存在しない。これまで、魔力切れとなって亡くなった人は、歴史上大勢いる。

魔力を与える魔法があれば、魔力切れで命を落とすことなどなかっただろう。

「どうすれば、どうすればいいの」

「公爵夫人、落ち着いて!!」

ふと、思いつく。人の血液には、多くの魔力が流れていると。

血をクリスタルに与えたら、魔力の枯渇状態は改善されるかもしれない。

ドレスを捲《まく》し上げて、太ももに巻いていたホルダーからナイフを引き抜く。

腕の血管を探り、ナイフを突き立てようとした瞬間――クリスタルの体がピクリと反応を示した。

「ママ、止《や》めて!!」

叫んだ瞬間、握っていたナイフが弾《はじ》かれたように飛んでいく。床の上をくるくると滑り、手の届かない場所へいってしまった。

虚ろだったクリスタルの瞳に、光が宿っている。相変わらず体は透けているが、確かな意志を持って私をジッと見つめていた。

「クリスタル!!」

抱きしめようとしたが、体が透けていて触れることすら叶わない。

「ママ……」

「クリスタル、あなたはどうして、そんなに体が透けているのですか?」

「質問、それでいいの?」

クリスタルは少し呆《あき》れたように、問いかけてくる。

「それでいいんです! 今一番の問題は、あなたを抱きしめられないことですから!」

感情が、涙となって眦から溢れてきた。ぽたり、ぽたりと、頬を伝って落ちていく。

ホッとしたのもつかの間のこと。ディートリヒ様とギルバート様の叫ぶ声が聞こえた。

「ぐわっ!!」

「うっ!!」

ディートリヒ様とギルバート様の体が、吹き飛ばされる。二対一でも、歯が立たないようだ。

外傷はないようだが念のため回復魔法を、そう思って杖を掲げたが、クリスタルに手で制される。

「クリスタル?」

「大丈夫。ふたりとも、怪我《けが》はしていない」

ディートリヒ様とギルバート様は立ち上がり、戦う姿勢を見せていた。

狼精霊は息を大きく吸い込み、氷の吐息《ブレス》をはきだそうとする。

「ねえ、もう、やめて!!」

クリスタルの一言で、狼精霊はピタリと動きを止めた。

「クリスタル、なぜ、止める? こいつが、憎いのだろう?」

「憎くない。もう、憎くない。だから、パパを、ギルバートを、傷つけないで!」

クリスタルが初めてディートリヒ様を「パパ」と呼んだ。それだけなのに、胸がいっぱいになる。

ディートリヒ様は極限まで瞳を見開き、クリスタルを凝視していた。

「もう、いい。何も、しないで」

「ここまで来たのに、それを言うのか?」

「だって、パパをいじめるつもりは、まったくなかったから」

クリスタルと狼精霊は、理解できない会話を続ける。

「あの、あなた達は、いったい、どこで生まれて、どこからきたのですか?」

クリスタルは私を振り返り、今にも泣きそうな顔で言った。

「わたしは、未来から、きたの」

「え? み、未来?」

「ああ、なるほど! そういうわけだったのね!」

私より先に、マダムリリエールが言葉の意味について気づいたようだ。

「マダムリリエール、私にはまったくわからないのですが」

「まだわからないの? 彼女は、未来からやってきた、あなた方の子どもなのよ」

「え!?」

「時空転移のさいに、完全な姿で降り立つことができなかったのでしょう。おそらく、記憶と体が、半分しかこちらへやってこられなかった。私が覚えていた違和感は、それだったの」

「そんな! 時空転移なんて、物語の世界にだけ存在する魔法なんですよ?」

「高位精霊ならば、人間の不可能を可能とするの」

マダムリリエールはクリスタルに対し、「本物の子どもではないのね」と言っていた。それがまさか、時空転移による不完全な着地によるものだったなんて想像もできないだろう。

「公爵夫人、あなたも、純粋な人間ではないのね?」

「え、ええ。その、変化獣人です」

「だったら、あの子を人間ではないと思ってしまったのも無理はないわ」

なんてことだ。クリスタルが、未来からやってきた私とディートリヒ様の子どもだったなんて。

クリスタルのほうを見ると、顔を俯《うつむ》かせていた。マダムリリエールの推測を否定しないというのは、認めているようなものだろう。

「クリスタル、あなたは本当に、未来からやってきた、私とディートリヒ様の子ども、なのですか?」

クリスタルが今にも泣きそうな表情で頷いた瞬間、触れられない体に抱きつく。

小さな体で、遠いところから旅をしてきたなんて。きっと、事情があるのだろう。胸が締めつけられる思いとなる。

クリスタルを抱きしめた姿勢のまま、耳元で問いかけた。

「なぜ、あなたはここにきたのですか?」

目的もなく、未来からやってくるわけがない。何か、理由があるのだろう。

クリスタルは身じろぎもせず、言葉も発しない。傍にやってきたディートリヒ様が、震える声で問いかけた。

「まさか、未来でメロディアが、儚《はかな》くなっているのか?」

ディートリヒ様は死という言葉を避けているようだが、それでクリスタルに伝わるものか。

クリスタルは黙り込んでいる。一度離れて顔を覗き込むと、ポロポロと涙を零《こぼ》していた。

「おい。幼子を、問い詰めるな」

狼精霊が接近し、ぐるぐると唸《うな》る。殺気を感じて、肌がゾクリと粟立《あわだ》った。

ディートリヒ様が私を庇《かば》うように、前にでてくる。

「ママと、パパに、ひどいこと、言わないで」

「なっ!! 私はお前を庇ったというのに、なぜこちらに当たるのだ?」

「言えなかったわたしが、悪いから」

「むう!」

狼精霊は盛大なため息をつく。先ほどまで感じていた殺気は、きれいさっぱり消えていた。

「いい。私が話す。なぜ、クリスタルがここにやってきたのかを」

「言わないで!」

「言わないと、お前の悩みは永遠に解決せんぞ」

「でも」

「ここで言っておいたら、未来のお前が孤独になることもない」

私だけでなく、ディートリヒ様もいないのだろうか。ひとまず、狼精霊の言葉に、耳を傾ける。

「――ことのはじまりは、お主が三つ子を産んだときからだ」

「み、三つ子!?」

どうやら私は、未来で三つ子を産むらしい。初夜すら済んでいないのに、話がぽーんと飛んだ。

「子育ては乳母に任せればいいものを、お主ら夫婦は自分達の手で育てたいと言いだした」

「ウッ!」

ものすごく、私とディートリヒ様が言いそうなことだ。ディートリヒ様も、同じように気まずげな表情を浮かべている。

庶民生まれの私にとって、貴族式の乳母に教育と子育てを任せるしきたりは、いまだに受け入れがたいものであった。

「しっかり者の長女、泣き虫な長男、甘えん坊の次女――」

狼精霊は眉間に皺を寄せ、牙を剝《む》きだしにしつつ語る。

子育てでてんやわんやになった夫婦の負担を少しでも減らそうと、しっかり者の長女は何があっても泣かなかったし、我が儘《わがまま》も言わなかった。

けれど、心の奥底では泣きたかったし、我が儘も言いたかったのだ。

ある日、長男と次女を弟夫婦が遊びに連れて行った。長女は家に残って両親に甘えようと思っていたのだ。

姿を隠し、驚かせようと計画を立てていたらしい。

「それなのに、母を別の者が独占していたのだ」

「誰だ！　そのような残酷極まりない行為をする悪者は!?」

ディートリヒ様の問いかけに対し、狼精霊はカッと目を見開いて叫んだ。

「フェンリル公爵、そなただ、馬鹿野郎!!」

「わ、私だったのか!!」

もう、誰にも甘えられない。絶望したクリスタルに、狼精霊は話を持ちかけたらしい。過去に転移して、弟や妹がいない時代に行けばいいいと。

しかし過去に遡っても、ディートリヒ様はいる。甘える隙などないのではという質問に対し、狼精霊はあることを提案した。

「フェンリル公爵は、犬の姿にでもしておけばいい、と。私は、そういう類いの呪いには長《た》けているからな」

「呪いをかけるのに、長けている、だと？」

ディートリヒ様が聞き返すと、狼精霊はニヒルに微笑んだ。

「ま、まさか!?」

狼精霊の正体について、ある可能性が浮かんだ。いやいや、ないないと思いつつも、憶測を口にしてみる。

「あの、もしかして、狼精霊さんって、元は狼魔女だったりします？」

「そうだが？」

「ええ〜〜〜〜〜!?」

「なんだ、自分で言っておきながら」

「だ、だって、だって――」

狼精霊が、狼魔女だったなんて。

たしかに、強い魂は月に昇って精霊化するなんて話を聞いたことがあるが。

「私はそなたの光魔法を受け、こうして精霊の身となった」

「は、はあ」

「信じていないな?」

「半信半疑です」

私が放った光魔法により、フェンリル公爵家に対する復讐心《ふくしゅうしん》は消えて、清き精霊として生まれ変わったらしい。

「長きにわたって眠っていたのだが、子の誕生と共に目覚めた。それ以降は、真面目に子を守っていたのだぞ」

「未来の子ども達が、お世話になっていたのですね」

狼精霊は誇らしげに、ぐっと胸を張っている。

「クリスタルが楽しんでおったので、よかったと思っていたのだが——邪魔者が現れた」

狼精霊はマダムリリエールをジロリと睨む。

なんでも人が時空を転移した場合その時代に馴染むには、転移した本人が特殊な状況にあると思わないことが大事なのだという。

そのため、狼精霊はクリスタルの記憶のほとんどを未来に残してきたという。しかしそれも、時間が過ぎるにつれて解けてきていたらしい。

ちなみに服も、過去の世界に移動できなかったようだ。そのため、出会ったころのクリスタルは、狼精霊がその辺で発見したボロボロの布を纏《まと》っているだけの姿だったと。

「過去に居続けるためには、クリスタルの魔力を安定させなければならなかった。それなのに、その精霊遣いの女が本物の子どもではないと直接言ってしまった。魔力は安定をなくし、この通り、過去に姿を保てなくなっておる！」

「ごめんなさいね。その辺に、気づいてあげられなくって」

「まったくだ。せっかく、降誕祭《クリスマス》まで楽しく過ごさせてやろうと考えていたのに」

クリスタルの滞在期間は、あらかじめ決まっていたようだ。

別れの時間は、すでに迫っているらしい。胸が、ぎゅっと締めつけられる。

クリスタルは眉尻を下げ、今にも泣きそうな表情で言った。

「七面鳥の丸焼き、ママと、作りたかったな」

「わ、私もです」

降誕祭の前日に、一緒に七面鳥の丸焼きを作る約束をしていたのに、それすら叶わないだなんて。

「あの、どうにかして魔力を与えて、クリスタルをこの時代に留《とど》めることはできないのですか？」

「安定を失った魔力を、元に戻すのは不可能だ」

「降誕祭まで、あと少しだったのに」

クリスタルの記憶は戻り、自分がここの時代に生きる存在《もの》ではないと気づいてしまった。

体が薄くなり、本来の時代に引き戻されているという。

「だったら、クリスタルとはここでお別れなのですか？」

「そうだ」

「そんなの……そんなの、イヤです!!」

再びクリスタルに抱きつくが、足先からどんどん消えているのに気づいた。

「クリスタル!!」

「ママ、ごめんね」

「謝らないといけないのは、私のほうですよ！」

「私も、クリスタルに謝らないといけない」

ディートリヒ様は姿勢を低くし、伏せの状態で頭を下げた。

「未来の私が、クリスタルから母親を奪ってしまって、本当に申し訳なかった！　私はこのまま犬の姿でもいい！　どうか、許してくれ」

「パパ……」

クリスタルは狼精霊のほうを見て、「パパを戻してあげて」と言葉をかける。

「こいつなんぞ、一生犬でいいのでは？」

「ダメ。そうなったら、わたしが生まれてこないでしょう？」

「むう！　そうだったな。仕方がない」

ディートリヒ様の体に、魔法陣が浮かび上がった。

光に包まれ――犬の体から、成人男性の姿へと戻っていった。

「なっ！」

ディートリヒ様は立ち上がろうとしたが、ちょっと待てと制する。

「ディートリヒ様、全裸なので、大人しくその場に蹲《うずくま》っていてください」

「兄上、私の上着をお貸しします」

ディートリヒ様の全裸事件再びである。と、呪いが解けたことに気を取られている場合ではなかった。クリスタルの体は、胸元辺りまで消えている。

「クリスタル!!」

「ママ、わたし、短い間だったけれど、楽しかった」

「私は、もっともっと、あなたと、楽しい時間を過ごしたかったのに」

「大丈夫」

クリスタルは私に手を伸ばし、そっと指先に触れる。にっこりと微笑んで、励ますように言った。

「未来で、会えるから」

その言葉を最後に、クリスタルの体は消えてしまった。狼精霊の姿も、どこにもない。

「ああっ……!」

記憶までも消えてしまうのではと思っていたが、そんなことはなかった。

クリスタルと過ごした日々は、私の胸にしっかり残っている。

また会える。そうは言っても、寂しいものは寂しい。

涙が、溢れてくる。

未来でクリスタルに会えるまで、思い出の数々は大事にしまっておこうと思った。

◇◇◇

無事、事件は解決した。クリスタルは妖精か精霊の嬰児交換《チェンジリング》かと思いきや、未来からやってきた私とディートリヒ様の娘だったのだ。ディートリヒ様に似ているわけである。

複雑に絡んだ事情のおかげで私達は実の娘である可能性に気づかずに、クリスタルを可愛がっていたのだ。

何はともあれ、ディートリヒ様の呪いは解けた。その点は、喜ばしい。

ただ、クリスタルがいないという現実は、心にぽっかりと穴を開けている。

しばらくはぼんやりとしながら過ごしていたものの、いなくなったクリスタルに囚《とら》われてばかりではいけないだろう。明るく元気に生きないと、心配する人達が大勢いるのだ。

そんな中で、フェンリル騎士隊の慰労を兼ねた降誕祭のパーティーを計画してみた。

「降誕祭のパーティーだと？」

「はい！　ごちそうを作って、贈り物を交換して、家族で楽しい時間を過ごすんです」

「すばらしいな！」

当日は使用人も休日にして、家族だけで過ごすことに決めた。

それぞれ、役割を決めておく。

ディートリヒ様とギルバート様は、クリスマスツリーの確保と飾り付けを担当。

ルリさんにはケーキの注文とパーティー当日に使う銀器の準備を任せた。

私は当日に食べる七面鳥の丸焼きを作る。

贈り物の交換は、予算を決めて降誕祭の当日までに用意しておく。誰がもらっても嬉しいものというのは難しいが、それを選ぶのも楽しかった。

ちなみに私は、幻獣グリフォンの羽根を使ったペンにした。皆、毎日書類仕事をしているので、きっと使ってくれるだろう。

他の人は、どんな贈り物を用意するのか。当日が楽しみである。

バタバタと過ごしていくうちに、降誕祭前日となる。七面鳥の丸焼きは、前日から仕込みをする必要があるのだ。

まず、鍋にタマネギ、セロリ、ニンジン、ブロッコリー、キャベツを投下し、香草を追加してぐつぐつ煮込む。煮込んだものを、野菜を漉《こ》してから大鍋に移す。

野菜を煮込んだスープに、水、岩塩、黒砂糖、塩、胡椒《こしょう》、数種類の香辛料に蜜漬け生姜《しょうが》を入れて、しばし煮込む。冷やした状態にしたあと、七面鳥を一日中漬け込むのだ。

母の秘蔵レシピ集を引っ張り出して、初めてひとりで作ってみた。上手くいくのか、ドキドキである。

七面鳥以外のごちそうは、フェンリル公爵家の料理人が前もって用意してくれるという。カボチャのポタージュに、ミートパイ、魚のチーズグラタンに、野ウサギのオーブン焼きなど。あとは焼くだけという状態にして、保冷庫の中に入れてくれてあるようだ。

私も、七面鳥を漬けた鍋を保冷庫にしまっておく。

保冷庫は魔石の魔力を動力源とし、食材や料理を冷やして傷まないようにする装置だ。昔は保冷庫なんてなかったようで、便利な時代になったものだとしみじみ思う。

七面鳥の仕込みは完了したので、あとは当日に頑張るばかりだ。

翌日――楽しい降誕祭の当日となった。

ディートリヒ様とギルバート様が、庭から運んだモミの木に飾り付けをしていた。

キラキラ輝く球や、小さなサンタクロースとトナカイの人形、贈り物を模した飾りなどを、ドンドン吊《つる》していく。

キラキラ輝く銀のモールを巻き付け、てっぺんに星飾りを付けたら、クリスマスツリーの完成である。

作業を終えたディートリヒ様とギルバート様は、誇らしげな様子でいた。

兄弟の様子を見守っている場合ではない。私も七面鳥の仕上げに移らなければ。

ジャガイモとタマネギ、キノコを油でカラッと揚げて、塩胡椒を振りかける。これを、七面鳥のお腹に詰めていくのだ。しっかりお腹を縫い付け、中身が漏れないようにしておく。続いて手羽先の部分を丁寧に折り曲げ、脚の付け根を紐《ひも》でしっかり縛った。

これを一度かまどで焼き、途中で油を塗る。こうすると、パリッと焼き上がるのだ。だいたい、一時間半で焼き上がった。

「うん、おいしそうに焼けた！」

脚に真っ赤なリボンを結んだら、よりいっそう焼き色が引き立つような気がする。

母と同じようにおいしくできているのか。成功していますようにと祈るばかりだ。

前日料理人が作っていた料理も、どんどん窯で焼いていく。途中で、ケーキの受け取りに行っていたルリさんが戻ってくる。

生クリームがたっぷり塗られた、イチゴのケーキを見せてもらった。飾られた、クッキーで作ったサンタクロースの家と、飴細工のトナカイが可愛らしい。

「こういうのを、私が作れたらいいのですが」

ふと、ルリさんが作ってくれた鹿の焼き肉を思い出してしまう。

「あの、ちなみにルリさん、料理の心得は？」

「まったくありません」

やっぱり……という言葉は呑み込んだ。

「いかがなさいましたか？」

「い、いえ。あ！　他の料理も、仕上げませんと」

「奥様、微力ながら、私もお手伝いいたします」

「助かります」

ルリさんの手を借りて、なんとかごちそうの準備も整った。

食堂には美しいクリスマスツリーが存在感を放ち、長方形の机にはおいしそうな料理が並べられている。それを、家族で囲むのだ。

パーティーはお昼から行われる。時間になると各々集まった。

当日までそれぞれ忙しくしていたので、こうして集まるのは久しぶりである。

「おお、メロディアが作った七面鳥の丸焼きは、なんと立派なものなのか」

「張りきってしまいました」

「とてもおいしそうだ」

「お口に合えばいいのですが」

こうして降誕祭をするのも、ずいぶんと久しぶりだ。王立騎士団にいたときは、夕食に出た揚《あ》げ鶏《どり》を食べるばかりだったし。

クリスマスツリーやごちそうを見ていると、幼い頃の楽しかった気分が甦ってくる。

靴作りで忙しかった父も、降誕祭の晩だけは早く帰ってきて、パーティーを楽しんでいたのだ。

クリスマスツリーを見上げ、懐かしい気持ちに浸る。隣に、ディートリヒ様が並んだ。

「メロディア、その、きちんと飾り付けはできているだろうか？」

「ええ、とっても素敵ですよ」

「ありがとう」

「兄上、頑張ったかいがありましたね」

「そうだな」

グラスの栓を抜き、注いで回るのはディートリヒ様であった。真っ赤なワインが、グラスに満たされていく。

降誕祭のパーティーでは、父親が乾杯の音頭を取るのだという。その大役は、ディートリヒ様が担うこととなった。

ディートリヒ様は立ち上がり、ワインを軽く掲げながら挨拶をする。

「えー、ごっほん。フェンリル騎士隊を代表して、挨拶をさせていただく。その、なんだ。小難しい話は苦手だから、簡単に」

ディートリヒ様はワイングラスを頭上に掲げて宣言する。

「皆、降誕祭をどうか楽しんでほしい。乾杯！」

声を揃えて、「乾杯！」と返した。

シュワシュワと発泡する微炭酸のワインを口に含む。とってもおいしい。

皆、乾杯のあと、私をじっと見つめる。

「あの、どうかしましたか？」

「いや、こうして家族で降誕祭を祝うのは初めてなものだから、何か作法があるのかと思って」

どうやら、皆降誕祭に慣れていないので、探り探りの状態らしい。私も詳しいわけではないものの、我が家でやっていたことをそのままやってみる。

「えーっと、特に作法はないのですが、まずは、七面鳥の丸焼きでも切り分けますか」

七面鳥にナイフを入れる瞬間は、もっとも盛り上がる時間であった。普段からおいしい料理を食べているフェンリル公爵家の面々が喜ぶかはわからないが。

「メロディア、手伝おう」

ディートリヒ様が助手を務めてくれるようだ。ひとまず、私が切り分けた七面鳥をお皿に盛り付けてもらう。

ギルバート様とルリさんには、ケーキのカットと盛り付けをお願いしておいた。

「では、ディートリヒ様、始めましょう」

「ああ」

まず、もも肉を切り落とす。ナイフで切ると、肉汁がじゅわっと溢れた。大きなもも肉は、ディートリヒ様とギルバート様のお皿に置いてもらう。私とルリさんは、手羽先をいただいた。

ディートリヒ様は料理の盛り付けをするのは初めてらしい。ぎこちない手つきであるものの、横顔はなんだか楽しそうだ。

「メロディア、これでいいか？」

「ええ、お上手です」

「そうか！」

頑張る健気《けなげ》なディートリヒ様を見ている場合ではない。さっさと七面鳥を切り分けなければ。

胸肉の中心に切り込みを入れて、中に詰めていたジャガイモとタマネギ、キノコをディートリヒ様に託す。最後に骨を避けて肉のみを切り落とし、食べやすい大きさにカットしたものを分けてもらった。

ディートリヒ様はなかなか器用に盛り付けてくれたようだ。

「見てくれ。脚に巻いていたリボンは、メロディアの皿に添えておいたぞ」

「可愛いですね」

「だろう？」

ディートリヒ様は嬉しそうに、七面鳥を盛り付けたお皿をみんなに配っていく。

ケーキを切り分けていたギルバート様とルリさんであったが、分けたケーキを呆然《ぼうぜん》と見下ろしていた。

「あの、どうかしたのですか？」

ギルバート様がしょんぼりしながら、ケーキが載ったお皿を差し出す。

「義姉上、申し訳ありません。失敗してしまいました」

「お上手にできていると思うのですが」

「切り口がガタガタです。それにケーキの断面の層も、生クリームまみれにしてしまいました」

ケーキは生地とイチゴが交互に重なっていて、層になっていた。その断面に、生クリームが付着してしまったことを気にしているようだ。

「こういうのは、ナイフを温めてからカットすると断面に生クリームが付かなくなるのです」

「そうなのですね」

ルリさんも、しょんぼりしつつディートリヒ様にケーキを運んでいた。

「いつも配膳をするばかりで、盛り付けはメイド頼りだったものですから」

「ルリさん、大丈夫ですよ」

「そうだ、気にするな。心は十分こもっておる。それに、最初から上手くできる者などいないからな！」

「お言葉、痛み入ります」

各々席について、本日のメインである七面鳥の丸焼きを食べる。一口大に切り分けて、えいや！と口の中へと運んだ。

「あ——おいしい!!」

皮はパリッと焼けていて、お肉はやわらかい。噛むと、じゅわっと肉汁が溢れてくる。下味もしっかり付いていて、ソースがなくても十分いけている。

自分で作ったのに、一番においしいと言ってしまった。

皆の視線が集まってしまう。取り繕うように、早口で言い訳をした。

「あ、あの、すみません。これ、母のレシピだったものですから……。子どもの時に食べた味と同じ、という意味のおいしい、でした」

「そうだったか。実に、おいしくできておるぞ」

「はい。義姉上の作った七面鳥の丸焼きは、世界一です」

ギルバート様の言葉に、ルリさんも頷いている。

「よ、よかったです」

久しぶりに、家族と七面鳥の丸焼きを囲んだ。なんだか感極まって、涙ぐんでしまう。

「メロディア、また来年も、家族で降誕祭の準備をして、祝おう」

「はい」

もう、私は独りではない。温かい、家族がいる。

幸せだと、ひしひし思ってしまった。

食事が終わったら、贈り物交換会の時間である。包装した贈り物に長い紐を結び、木箱に入れて蓋を閉めている。そんな仕掛けを作っておくようにと、侍女にお願いしておいたのだ。

そのため、私達はどの紐に、どの贈り物が繋《つな》がっているのかわからない状態である。

紐は、すべて同じ白。引いた贈り物を受け取るというルールだ。もちろん、自分が買ったのを引いてしまう可能性もある。その辺も、ハラハラドキドキするポイントだろう。

「ディートリヒ様、どの紐にしますか？」

「真ん中の紐にしよう」

私はその隣を、ギルバート様とルリさんは端の紐を握った。

ディートリヒ様の「いっせーので！」というかけ声と同時に、紐を引く。

贈り物の予算は銀貨一枚。庶民の大人が一日働いて得られるような金額である。

皆、どのような贈り物を選んできたのか。開封したあとに、誰がどれを買ったのか発表することにした。蓋を開き、握った紐と繋がった贈り物を手にする。私が引いたのは、大きな箱だった。

「むふっ！」

手に取った瞬間、ディートリヒ様が反応する。それで、贈り主が誰だかわかってしまった。

ルリさんは、少し重みがありそうな贈り物を手に取ったようだ。その瞬間、ギルバート様が素早く眼鏡のブリッジを押し上げた。これも、一瞬にして贈り主がわかってしまった。

ディートリヒ様は私が用意したグリフォンの羽根ペンが入った箱を手に取っている。ということは、ギルバート様が持っている包みはルリさんが用意した品だろう。

奇《く》しくも、夫婦、婚約者同士で贈り物交換をしたようだ。

まずは、ディートリヒ様が包みを開いた。反応を、ドキドキしながら待つ。

「おお！　羽根ペンが入っていたぞ。品があって、頑丈そうな羽根だな」

「兄上、それはグリフォンの羽根ペンですよ。入手困難になっている、人気商品です」

「おお、そうだったか。いい品を貰《もら》った」

お気に召していただけたようで、何よりである。

「これは、誰が選んでくれたのか？」

「私です」

「メロディアであったか。ありがとう。最高の贈り物だ」

「お気に召していただけたようで、何よりです」

次に、私の贈り物を開封させていただいた。重さはないが、大きさはある。いったい何が入っているのか。リボンを解《ほど》いて蓋を開くと、そこには白い犬のぬいぐるみが入っていた。

「うわあ、可愛い！　犬のディートリヒ様にそっくりです！　ディートリヒ様、ありがとうございます」

「も、もしや、バレていたのか？」

「ディートリヒ様が、私が箱を手にした瞬間、にっこり微笑んだので」

「無意識だった」

「ぬいぐるみ、とっても嬉しいです」

「よかったら、私ともども可愛がってくれ」

可愛がる対象に、ディートリヒ様も入っていたので笑ってしまった。

続いて、ギルバート様が贈り物を開封する。ルリさんは、いったい何を用意したのか。

小さな箱に収まっていたのは――葉巻？

「いいえ、チョコレートです」

ルリさんが答える。一日限定一箱の、超高級チョコレートらしい。なんでも、日の出よりも早起きして、買いに走ったのだとか。

このチョコレートは王都にファンが多く、五日挑戦して昨日、やっと買えたらしい。

「手に入らなかったらどうしようかと思いました」

ギルバート様は嬉しかったのだろう。チョコレートの入った箱を胸に抱いていた。

おそらく、ルリさんは贈り物選びに苦労したに違いない。自分が用意した品が職場の上司に渡るかもしれないと考えると、私だったら頭を抱えてしまう。

王都で一日一箱限定の高級チョコレートという選択は、大変すばらしいものであった。

最後に、ルリさんが贈り物を開封する。ギルバート様が選んだのは、真鍮《しんちゅう》製のテーブルランプであった。お洒落《しゃれ》なデザインで、ルリさん好みのひと品だろう。

「こちらは、ギルバート様が？」

「はい」

「ありがとうございます。とても、すてきです」

ギルバート様は幸せそうに微笑んでいた。


降誕祭のパーティーは太陽が沈む前にお開きとなる。

一度お風呂に入り、私はディートリヒ様の部屋に向かった。

本日は、一ヶ月半前にできなかった初夜を執り行うのである。先ほどまで楽しい気分だったが、妙に緊張していた。それも無理はないだろう。のんびりしていたら、狼化が始まってしまう。それまでに、やり遂げなければならないだろう。

「ディートリヒ様、お待たせしました」

ディートリヒ様は寝台に横たわり、私に贈ってくれた白い犬のぬいぐるみを抱きしめる姿で待っていた。

「あの、どうかしたのですか?」

「信じがたいほど緊張していてな。この通り、ぬいぐるみを抱いて平静を保とうと努力している」

「そうですか」

寝台に上り、ディートリヒ様からぬいぐるみを取り上げる。そして、空いたディートリヒ様の腕の中に私がすっぽりと収まった。

「お手柔らかに、お願いいたします」

「こちらこそ、よろしく頼む」

ディートリヒ様はぎゅっと、抱きしめてくれる。

幸せな気持ちで、心の中が満たされるようだった。

「この日を、ずっと夢見ていた」

「私もです」

もう結婚初夜でもなんでもないが、私達はなんとか執り行うことに成功したのだった。

◇◇◇

その日の晩――夢をみた。

私はフェンリル公爵家の台所に立ち、七面鳥の丸焼きを作っていた。

ひとりではない。小さな女の子が、台に上って作業を手伝ってくれる。

とっても可愛い女の子だった。

七面鳥の丸焼きが焼き上がると、キラキラと輝く笑顔を見せてくれた。

おいしそうな匂いに誘われたのか、さらにふたりの子ども達がやってくる。

私は三人の子どもの頰にキスをして、ぎゅっと抱きしめたのだった。

それから、私とディートリヒ様は子宝に恵まれた。なんと、本当に三つ子だったのだ。

「メロディア、最初に生まれた子は、なんと名付ける？」

「それはもちろん――」

生まれるずっと前から、名前は決まっていた。

透明で、美しく、何者にも染まらない子、クリスタル。

「また、会えましたね」

生まれたばかりの小さな手に、人差し指を重ね合わせる。すると、弱い力でぎゅっと握り返してくれた。

頬に、涙が伝っていくのを感じる。

すぐ傍に、ゆらめきを感じた。目を凝らすと、狼の姿が見えてくる。

彼女が、目覚めたのだろう。

狼精霊が導いてくれた奇跡に、感謝したのは言うまでもない。

あとがき

こんにちは、江本マシメサです。

このたびは『フェンリル騎士隊のたぐいまれなるモフモフ事情　～異動先の上司が犬でした～』の第二巻をお手に取っていただき、まことにありがとうございました。

まさか、まさかまさかの第二巻です。

というのも、この物語は一巻で完結したものだと思っていたからです。

担当さんにお会いしたときも、全部出し切ったので、二巻の執筆は難しいですと話しておりました。しかしながら、奇跡が起きまして、第二巻を出しませんか、とお話をいただいたのです。

ただ、ネタがない。

難しいですと繰り返し、最後には無理ですと訴えたのですが、まさかの展開となります。

担当さんが、プロットを書いてくださると。

そんなのアリなの!?　と思ったのですが、担当さんはすばらしく面白いプロットを仕上げてくださいました。

そんなわけで、原作：担当さんという構成で、第二巻が完成したというわけです。

本当に、頭が下がる思いです。

奇跡はそれだけではありませんでした。

なんと、『フェンリル騎士隊のたぐいまれなるモフモフ事情　～異動先の上司が犬でした～』がコミック化します！

ご連絡していただいたのが昼寝をしていたときだったので、あれは夢の中の話だったのかな、としばらく思っていましたが、コミカライズは現実でした。とても嬉《うれ》しいです。

漫画をご担当いただくのは、牛野こも先生です。

一足先に一話を読ませていただいたのですが、メロディアは明るく元気で可愛《かわい》らしく、ディートリヒは犬なのにイケメンに描いていただいております。

牛野先生、ありがとうございます！　そして、これからよろしくお願いいたします。

最後になりましたが、イラストを担当いただきました、しの先生。二巻も、魅力溢《あふ》れるキャラクター達《たち》を描いていただき、ありがとうございました。

そして、読者様へも、感謝の気持ちでいっぱいです。本当に本当にありがとうございました！

また、どこかでお会いできたら、嬉しく思います。

江本マシメサ

作品のご感想、
ファンレターを
お待ちしています

あて先

〒141-0031　東京都品川区西五反田 7-9-5 SGテラス5階
オーバーラップ編集部
「江本マシメサ」先生係／「しの」先生係

スマホ、PCからWEBアンケートにご協力ください

アンケートにご協力いただいた方には、下記スペシャルコンテンツをプレゼントします。
★本書イラストの「無料壁紙」　★毎月10名様に抽選で「図書カード（1000円分）」

公式HPもしくは左記の二次元バーコードまたはURLよりアクセスしてください。
▶ https://over-lap.co.jp/865548518
※スマートフォンとPCからのアクセスにのみ対応しております。
※サイトへのアクセスや登録時に発生する通信費等はご負担ください。

オーバーラップノベルスｆ公式HP ▶ https://over-lap.co.jp/lnv/

フェンリル騎士隊のたぐいまれなるモフモフ事情 2
～異動先の上司が犬でした～

発　行　2021年2月25日　初版第一刷発行
著　者　江本マシメサ
イラスト　しの
発行者　永田勝治
発行所　株式会社オーバーラップ
〒141-0031
東京都品川区西五反田 7-9-5
校正・DTP　株式会社鷗来堂
印刷・製本　大日本印刷株式会社

ISBN 978-4-86554-851-8 C0093

【オーバーラップ　カスタマーサポート】
電　話　03-6219-0850
受付時間　10時～18時（土日祝日をのぞく）

第8回 オーバーラップ文庫大賞
原稿募集中！
イラスト：ミユキルリア
思いをコトバに。夢をカタチに。
【賞金】
大賞…300万円
（3巻刊行確約＋コミカライズ確約）
金賞……100万円
（3巻刊行確約）
銀賞……30万円
（2巻刊行確約）
佳作……10万円
【締め切り】
第1ターン 2020年8月末日
第2ターン 2021年2月末日
各ターンの締め切り後4ヶ月以内に佳作を発表。通期で佳作に選出された作品の中から、「大賞」、「金賞」、「銀賞」を選出します。
投稿はオンラインで！ 結果も評価シートもサイトをチェック！
https://over-lap.co.jp/bunko/award/
〈オーバーラップ文庫大賞オンライン〉
※最新情報および応募詳細については上記サイトをご覧ください。
※紙での応募受付は行っておりません。